U0102090

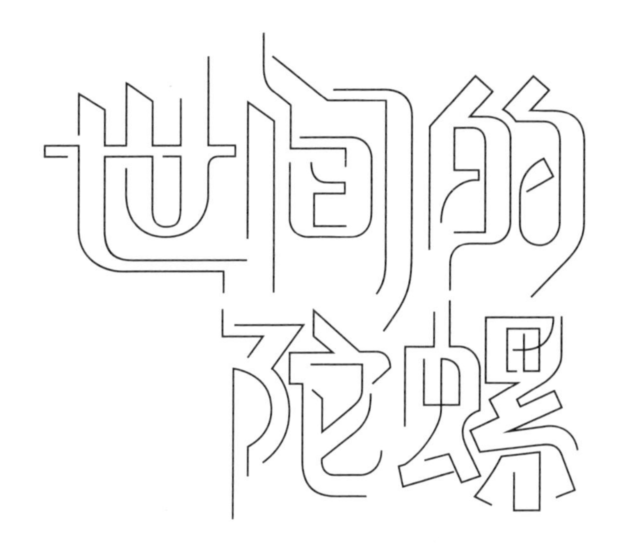

韩浩月 著

·桂 林·

世间的陀螺
SHIJIAN DE TUOLUO

图书在版编目（CIP）数据

世间的陀螺：写给亲人、故乡和远去的旧时光 / 韩浩月著. —桂林：广西师范大学出版社，2019.2
ISBN 978-7-5598-1573-6

Ⅰ. ①世… Ⅱ. ①韩… Ⅲ. ①散文集－中国－当代
Ⅳ. ①I267

中国版本图书馆 CIP 数据核字（2019）第 016068 号

广西师范大学出版社出版发行
（广西桂林市五里店路 9 号　邮政编码：541004
网址：http://www.bbtpress.com）
出版人：张艺兵
全国新华书店经销
湖南省众鑫印务有限公司印刷
（长沙县榔梨镇保家村　邮政编码：410000）
开本：880 mm × 1 240 mm　1/32
印张：6.25　　字数：164 千字
2019 年 2 月第 1 版　　2019 年 2 月第 1 次印刷
印数：0 001~5 000 册　　定价：35.00 元

自　序

一枚陀螺的勇气

小的时候，陀螺是我最爱玩的玩具，它可以是木头的、竹子的、塑胶的、金属的，但底端都镶嵌有一颗钢珠。用绳子仔细地一圈圈地缠上，展臂一放，陀螺便颤颤巍巍地转动起来。而想要它旋转得更快、更稳定、更具美感，则只有用手里的绳子，一鞭鞭地抽打它。

在冰湖上，在尘土飞扬的地面上，无数孩子沉迷在这个游戏里。他们比赛，看谁的鞭子抽打得更响亮，看谁的陀螺旋转的速度更快……玩够了要回家吃饭的时候，大伙儿喊个“一、二、三，停”的口令，最后倒地的陀螺，它的主人便成为当天这场游戏胜利的玩家。夕阳西下，炊烟四起，散场的孩子收好自己的玩具，奔向闭着眼睛也能找到的家。

在孩子的眼里，陀螺只是个简单的玩具，但用大人的眼光看，陀螺便有了诸多的象征与隐喻色彩。诗人北岛在他的回忆文章里写童年时玩陀螺，开始还是愉悦的语气，结束时就有了警世的味道——“抽得越狠越顺从，不抽就东摇西晃得意忘形”。

诺贝尔文学奖获得者、希腊诗人塞弗里斯有一首名为《光线》的诗歌，把孩子形容为陀螺，“那些从船头斜桅跳进水去的小孩/像些仍在旋转的陀螺/赤条条地潜入漆黑的光中，/嘴里咬着一枚硬币，仍在游泳”。这些诗句不禁令我怀疑，国外有陀螺吗？查询后才知道，十七世纪中国发明了一种玩具叫“竹片蜻蜓”，十八世纪传到欧洲的时候被称为“中国陀螺”，说起来，“陀螺”这个名字还是欧洲人命名的。

诺兰电影《盗梦空间》的片尾，那枚旋转的陀螺究竟有没有停下来，成为令影迷们挠头的悬念。从诺兰对陀螺这个元素的使用手法看，他也是觉得，陀螺是个充满了哲学意味的符号，的确，有什么玩具能比陀螺更具命运感呢？

不用为《盗梦空间》的结尾操心，只要是陀螺，就一定会有停下来的那一刻。比起停不停得下来，更值得关注的，是去问询它在旋转的时候，或者被抽打的时候，有没有时间思考自己从哪里来、到哪里去、为何而旋转？就像问一个漂泊许久的人，你在年轻的时候，离开故乡与母亲，有没有觉得自己像一枚被鞭子奋力甩打出去的陀螺？在借着惯性慢慢地滑远的过程里，有没有花点心思琢磨，为何自己生来像一枚陀螺，活得也像一枚陀螺？是否真的像北岛说的那样，被抽得越狠而变得越顺从了呢。

陀螺和风筝一样，都是很容易失去家乡的，这两者有诸多相似之处。如果风筝的旅途是天空，那么陀螺的行程便是大地。如果风筝惦记的是一条细细的线，那么陀螺牵挂的便是一根长长的鞭子……如果风筝的归宿是在大风中被撕碎散落四方，那么陀螺又岂能顺着早年留下的淡淡印痕找回出发的原点?

记得有一次站在某个城市的天桥上，看着人行道，忽然觉得，行人是如此匆忙与孤独，脑海里便出现了一个画面：他们在早晨旋转着走出家门，坐在公交车上的时候，静静地保持着体力，迈向城市中心地带的时候，又不禁加快脚步，他们的肩膀偶尔会产生一次碰撞，但顾不及有什么语言或肢体上的交流，便又匆匆旋向各自的目的地……这个画面让我有些惆怅，也有点想要微笑，生活无非是这样，很多时候并不用借助任何外力，你都要努力地加入到人潮当中。

还记得有一次与朋友在酒店里喝酒，一开始的时候有女人和小孩，满满一屋子的人，热闹非凡。我们俩喝酒的过程实在漫长，大家逐渐散去了，只剩下两个“酒鬼”，计划要把房间里剩下的酒全喝光。但不知不觉间，酒喝不动了，话也说不出了，面无表情地倒在各自的座位上……这多像两枚被遗弃的陀螺，他们有着各自的心事，不能毫无保留地倾诉，保持着距离，不能相互搀扶。人到中年的陀螺，大抵如此吧。

有没有漫画家愿意以陀螺为原型，创作出一系列表现都市人生活的漫画作品？要是有的话，那该是多么形象：它有着重重的脑壳，肥硕的身体，但全部的重量，都由一只细而尖的脚支撑；它全部的责任与理想，就是保持身体的平衡，不要跌倒，因为只要跌倒一次，就有可能没法再站起来了。在这组假想中的漫画作品里，会有骄傲的、谦卑的、亮闪闪的、灰头土脸的、从容淡定的、焦头烂额的各种形象吧。

民谣歌手万晓利在二○○六年的时候，为那些旋转着的、舞蹈着的、匍匐行进着的陀螺们写了一首主题曲，歌的名字就叫《陀螺》，“在田野上转，在清风里转，在飘着香的鲜花上转。在沉默里转，在孤独里转，在结着冰的湖面上转。在欢笑里转，在泪水里转，在燃烧着的生命里转……”每当我写到往事时，脑海里总会浮现这首歌的旋律，这旋律并不悲伤，反而有些淡淡的温暖与美好。这是时间的缘故，原先的那些尖锐、疼痛、寒冷、挣扎，很神奇地消失了。一枚陀螺的勇气，源自它所经历的疼痛；同样，它的释然，也来自对过往深切的理解和深情的拥抱。

二○一七年的时候，我认识了《财新周刊》的文化专栏编辑灵子，在她的邀约之下，开始撰写本书收录的主要文字。本书出版的时候，她已经去英国与哥伦比亚尝试新的人生旅程，因此，有关陀螺的故事，在这本书里开始，也在这本书里结束。亦要感谢策划编辑傅兴文、责任编辑金晓燕，帮我完成了这个为故乡与亲人写传的愿望。

韩浩月
二○一八年季夏

目录

一生所爱，山河故人

我已与故乡握手言和

一生所爱，山河故人

父亲看油菜花去了

有许多个清晨，醒来拉开窗帘看到外面清亮的阳光、听到鸟鸣、感受到微风、内心充满喜悦的时候，会有一个声音说，父亲，我知道，这是因为你的缘故。

对父亲唯一的记忆

父亲大约去世于一九八〇年的某一个季节，那个季节可能是春天。

不要怪我说得如此含糊。因为父亲的离世，导致我童年与数字有关的一切均发生了紊乱：父亲的去世纪念日，我具体的生日，父母结婚的日子……青少年时期由于忌讳谈论这些话题，没有去确认与父亲相关的一些年份数字。

父亲去世那年我大约五岁，也可能是六岁。父亲自然是陪伴过我一段时日的，于是我也曾有错觉——父亲曾像别人的爸爸那样，把我举过肩头，带我走街串巷，从口袋里掏出卷曲的旧钞票给我买糖葫芦……

但随着时间的推移，那些曾被我写出来的与父亲有关的记忆，逐渐被证实只不过是青少年时期臆想的延续。比如：父亲从田里回来，带回一兜甜甜的荸荠；傍晚的时候，我们一家三口在屋檐下吃饭，收音机里播放着评书。现在想来，这些画面不过是为了证实父亲曾在我生活里真实出现过，而我是把别处得来的画面进行了嫁接。

事实上，对父亲唯一清晰的记忆，来自他去世前数天的一个昏黄的下午。父亲的脸色苍白，他在久久失去意识后偶尔清醒，无比艰难地要求（我猜他那会儿拼尽了全身的力气）我到他身边。我的叔叔们和姑姑一阵呼喊，把躲在角落的我抓过来塞到父亲面前。父亲看清了我，想说话却说不出口，只是用手把一瓣橘子放在我嘴里——那是瓣冰凉、苦涩的橘子，至今我还记得那味道。

五六岁的我并不知道恐惧，面对将要离世的父亲，表现出完全不属于一个孩子的理性与清醒，可内心有一个声音在反反复复地提醒我："记住他，记住他的样子，别忘记，别忘了他……"于是，父亲喂我橘子，便成了在我心中经得起岁月侵蚀的画面。当父亲去世的那一刻，命运的洪流从我脑海席卷而过，与父亲有关的一切都消失了，唯有父亲喂我橘子的画面，如同灾后的遗产，倔强地矗立在那里。

父亲的消失

我的手里没有保留任何一张与父亲有关的照片。某天早晨醒来，我看到母亲坐在堂屋的门槛上，用剪刀一点点地把父亲从我们的家庭合影中剪去，母亲说，“他把我们扔下了，我们也不要他了”。

即便在我的童年逻辑里，这也是不成立的事情。但对母亲的说法，我不敢反抗，只是不去配合她去销毁那些照片。在农村，与去世之人有关的一切物品——睡过的床，穿过的衣服等等，都是要烧掉的。如果放弃父亲在这个世界上的影像，是为了我们以后能够好好地生活，那么，母亲的做法，或许也是对的。

母亲在生下我第二个妹妹后，将做结扎手术。母亲怕疼，父亲就替母亲挨了这一刀，做了男扎手术。这一刀之后，父亲躺在床上就再没起来过。先是手术感染，后又查出别的疾病。在熬过了“三年困难时期”之后，父亲没有等来他的好日子。在家里可以每天都能够吃到小麦煎饼和白面馒头的时候，父亲告别了他短暂的人生。按照我的年龄推算，他享年二十八岁，或者二十九岁。

我过了二十九岁后，心头有了一个想法：“此后的每一年，都是多出来的，因为我的父亲没有活过三十岁，我要替他好好地活。”

母亲在父亲去世那一天，无比痛苦，那种痛苦无法用笔墨形容，那是一个女人失去她在这个世界上唯一支撑之后的绝望。这种痛苦会带来恨，因为恨比怀念更长久。所以，我理解母亲，她把父亲的照片找出来，剪成一片一片，是恨；再放在一个瓷盆里烧掉，是要忘记。

在一种情感模式里，忘记一个人，去好好地生活，这是生者的希望，如果逝者可以说话，那也应是逝者的愿望。

他看油菜花去了

父亲并非患绝症去世，他的病症在今天及时去医院的话，会很容易得到控制并治愈。父亲当时也不是没去过医院，只是，他是在拖了许久之后才去的医院，在医院没住几天，就忙慌着要求出院。从村庄到县城医院，有三十多公里路，几番折腾，父亲承受不住了。

我在亲人后来诸多的言谈中逐渐拼出了父亲去世的真相。奶奶每次谈到父亲的去世都会泪流不止，她也是最有胆量去批判的人，她会去咒骂爷爷：“为什么你不拿钱去救他？！”爷爷会唉声叹气，他有六个儿子和一个女儿要养活，在村里孤立无援，一家人连饭都吃不饱，借来的钱不够住三天的医院，他去咒骂谁呢？

倔强的父亲不肯在医院待下去。他要回到自己用泥坯砖一块一块搭起来的房子里躺着，他不想看到三弟、四弟一去医院看到他就号啕大哭一场。他勉力拿出大哥的样子，以为靠自己的意志能斗得过身体的衰弱。

每每有亲人在谈论父亲的时候，我内心总有一句话想问："你们为他做过什么？"但直到现在，这句话都没有向任何一个人问过。人的命，有时候的确经不住这么一问，没有人会给你一个让你释然的答案。

我想这么问，是因为我知道，如果这个家庭，可以拼尽全力去救父亲的话，父亲现在是有可能仍然好好地活在这个世上的。而在关键的时刻，并没有人拼尽全力。

为了不再去住院，父亲选择了信教。据传说，很多人通过信教连不治之症都治愈了。父亲和他的亲人们都选择了自欺欺人。

父亲康复的"神话"险些变成了真的。那年春天，院子里的人奔走相告，说父亲可以起床了，他去田野里了。正是油菜花开得最好的时候，等他看完油菜花回来，心情好，再吃上一顿饱饭，他就真的能像以前那样拿棍子教训不听话的弟弟们了。

可看完油菜花之后的第二天，父亲就处在了濒危的状态。人们把他去田野里散步的那段时光，形容为“回光返照”。

每每想到父亲，心里充满愤懑和痛苦的时候，我就要强行在脑海里，把父亲切换到他去田野里的画面。我没亲眼见到他去看油菜花，但在想象中，会觉得父亲走在和煦的春风里，脚下是松软湿润的田埂。父亲放眼望去，是一片生机勃勃的油菜花，那会儿，他久病积郁的内心，会变得明亮许多吧。不知道那一刻他的脑海中，刻画过什么……

寻找父亲

除了一堆黄土，这个世界再无与父亲有关的任何物件。他造的房子被卖掉，推倒重建了；他用过的家具消失无踪了；他所有的个人物品无人保存，连一张记载他的纸片也不存在。

我年轻时，有段时间执着于寻找父亲。没有别的办法，只有和我的几个叔叔谈论父亲，用他们讲的父亲的故事，来拼凑出父亲的样子。

我问二叔，我父亲是什么样的人？二叔说：“我们刚去大埠子的时候，没有住的地方，你父亲带着我们弟兄几个，把黄泥踩烂，加上稻草，做成土坯，一点一点垒成房子，垒起一间又一间。我们家里八九口人，每人都有了一间房子。你爹结婚后，就出去另盖房子了。”

三叔对我父亲感情最深，可听三叔说，父亲揍他揍得最狠。他说：“你爹揍人揍得狠，谁不听话就揍谁，几个兄弟没有不怕你爹的，他说东没人敢说西。有一次我和你四叔在小学校打篮球，不小心把你四叔的鼻子打破了，你爹拿一块红砖一砖把我拍晕了。可兄弟几个都服气你爹，因为他不会无缘无故打人。”

四叔说：“我们小时候，家里没有粮食吃，你爹带着我们兄弟几个，去田野里偷豆子吃，青青的豆子还没有成熟，我们趴在田埂里，怕被村里的干部逮到。等到每个人都吃饱了没成熟的豆子，才敢悄悄地回家，回家喝了凉水，每个人都拉肚子。可要是没有你爹带我们兄弟几个偷青豆子吃，我们早就饿死了。”

五叔说：“你父亲太能了，他初中毕业，是村里最有文化的人，才刚十七岁的年纪，就当了大队会计，村里有什么邻里纷争，解决不了的时候，都会找你父亲来说理。再大的矛盾，你父亲说几句话就化解了，村里人都服气。十七岁，可村里七十岁的老人都服他。”

我也想和六叔谈论他的大哥我的父亲。六叔年龄只比我大六岁，我父亲去世的时候六叔也是小孩子。我在和六叔一起杀猪混生活的时候，每次六叔喝酒喝醉了都会哭着说想他的大哥，说他大哥如果在的话，我们的日子就不会这么苦。

那段时间，我真的很想更多一些知道带我来世间的这个人。亲人的描述，让我知道了，虽然他的样子看上去柔弱，但他的性格脾气并不好，这样也好，这是一个真实的父亲形象，不是被美化出来的。

说来也怪，我在梦里梦到过许多人，但就是从来没有梦到过父亲，一次也没有。有时候午夜噩梦醒来，会突然间想这个问题，但想不通。

像父亲那样

我成了两个孩子的父亲。大孩子是个男孩，小时候顽皮，长大了安静、理性、内向；小孩子是个女儿，无比乖巧，也幽默、伶俐。陪着他们长大，我觉得自己还算是个不错的父亲。

我和父亲在这个世界上的缘分很短，可从小至今，我却从来没有过缺乏父爱的感觉。反而，觉得父亲的爱并没有随着时间的推移而消失，仿佛他的爱在某一个地方，源源不断地被我接收到，并转化为对我、对自己孩子的爱。

两个孩子都喜欢听我讲我小时候的故事，偶尔我也会讲到他们的爷爷的故事。关于爷爷的故事，总是很短，刚开始就戛然而止，但他们仿佛能听懂，也从不追问。

我竭力想要变成父亲希望我变成的样子，尽管我并不知道在他心目中，长大成家之后的我该是什么样子。

我努力地打磨掉性格里的急躁，去除内心的不安全感，把自己变得自信一点，在生活的荒诞与苦难面前，一直没有退缩，只因为确信，父亲会希望我这样。

父亲已经离开我太久太久了，但依靠那个唯一的喂我吃橘子的画面，我与父亲的联系并没有消失。

有许多个清晨，醒来拉开窗帘看到外面清亮的阳光、听到鸟鸣、感受到微风、内心充满喜悦的时候，会有一个声音说，父亲，我知道，这是因为你的缘故。

母亲在远方

母亲没来学校看过我，没来过信，也没委托什么人捎来过东西。母亲的形象，就像在镜头里不断被推远的雕塑，远得像个黑点。偶尔思念她的时候，那个黑点会亮一下，然后又坠入无边的黑暗。那个叫大埠子的村庄，仿佛囚禁了母亲，而我也像一直活在溺水状态，根本没有力气去解救她。

1

手机来电。来电人的名字显示只有一个字，“娘”。

我用手机二十多年了，母亲打来的电话不超过五次。她换了号码，也不会告诉我。每每打开通讯录，看到“娘”这个字眼，会猜测她的号码会不会又因为欠费或者别的什么原因失效，变成了别人的号码。

母亲的新手机号，总是妹妹转给我。这些年，母亲的手机号更新了好几次，但每次更新后，都不会打过去验证一下那边接电话的是否是她。

总听人说，手机拉近了人的距离，可我一直觉得，母亲一直在远方，离我很远很远。我们之间，隔着长长的大路，隔着漫天的大雾。

这次母亲打来电话，说村子里邻居的孩子得了绝症，在北京住院，问我认不认识什么“大老板”，能不能给资助点住院费。我又急又气，急的是我根本不认识什么“大老板”，就算是认识，也根本不可能跟人开口要钱。气的是，母亲好不容易打一次电话，说的事情和我们母子无关。

2

我们的家，在我童年时就已破碎。父亲去世后不到一年，母亲改嫁。在漫长的一段时间里，我一直认为，母亲是因为对我失望透顶才离开的。

记忆里清晰地记得，有一天晚上，母亲和我从村南姥姥的家回村北我们的家，姥姥送母亲。乡村夜晚的月亮明晃晃地照在土路上，路两边的树因为过于高大而显得有些阴森，姥姥对母亲说：“看看你背后这孩子，一辈子没出息的样。”我在后面几米，但还是听到了。我希望母亲能反驳一下姥姥，但母亲只是叹了口气。

青少年时代，我一直用十分理想化的思维去想象母亲的生存，比如大家族里，人人都愿意帮助她抚养孩子，农忙的时候可以帮她分担劳动。正是这种错觉，使我在很长一段时间里误会着母亲，再加上来自周边的仇恨教育，让我想到母亲就把自己陷进绝望当中。

一直等到很久以后，我才慢慢理解，母亲改嫁，并非很多人想得那么简单。她一个人带三个孩子，承受着巨大的压力，在家族内部，因为诸多至今未解的原因，她常和其他长辈、同辈发生激烈的争吵，有时还未免动起手来。一定程度上说，她也是迫于无奈而走。

等我长大成人，也掉进家族的泥潭左右拔不出脚的时候，才能更真切地体会到母亲当年的艰难。

3

我的年少无知，让母亲在家族里的境遇雪上加霜。

有一次，我点燃了爷爷家的草垛。爷爷家的屋外，紧挨着墙根，有一个巨大的草垛，每每路过它时，就会产生些奇异的想法，比如忍不住想要知道，火苗会不会从它的中间穿过，烧出一个通道，我可不可以从这个通道爬过去，穿越到另外一个世界。

想着想着，好奇心就强烈起来。终于在一天下午，我颤抖着手划着了火柴，点燃了那个草垛。一根渺小的、不起眼的火柴，在与麦草接触之后，竟然会发生那么大的反应。

先是小范围地燃烧，等到我因惊惧而目瞪口呆的时候，火苗已经不可控地变成火球，后又放大为恶魔般的火势。漂亮的通道没出现，我在大火吞噬自己之前逃之夭夭。

此后如何收场，我脑中一片空白，我失忆了。

母亲没有打我骂我，只是几天之后跟我说："去你爷爷家看看吧。"

我沉默不语。

母亲说："没事的，你是小孩子，如果有人打你，我去找他们。"

有了这个承诺，我迈着沉重的步子，一步一步走向爷爷家。

爷爷家的门口，是怎样一个灾难性的画面啊，整个草垛变成了一堆灰烬，地面上是草灰与灰黑色的水汪，房屋的土墙壁，被熏烧得一片乌黑。每一个看到我的人，都默默转过身去，眼神让人战栗。

有个叔叔走了过来，冷着脸对我说："你知不知道，就差一点，你把这一排房子全烧了。”那排泥坯草房，是父亲带着五个兄弟花了一个夏天建起来的。

我站在草灰边上，宛若站在世界尽头，想要放声大哭，却哭不出声音，哭不出眼泪。生命里仿佛有些东西，伴随着这草垛一起燃烧掉了。

4

还有一次，是我偷了母亲的钱。

大约是小学二年级的时候，我在午睡的当口，带着最好的朋友，来到了村里的供销社，掏出五元面值的人民币，来买水果硬糖——请客。在同学们羡慕的眼光里，沾沾自喜。

没想到，供销社的老头，在我们刚刚返回学校后，就去家里跟我母亲告了状。那张五元面值的人民币，对于孩子来说，是一笔巨款，对于一个家庭来说，也是一笔不小的钱。

我把母亲的三十五元都藏了起来，藏在客厅桌子的抽屉底下。偷藏的动机是，可以花掉这笔钱，买一个孩子所有想要买的东西。但我并不知道，这三十五元钱是母亲所有的存款，我们家的家底子。

失去这笔钱的母亲哭泣了三四天，她哭得越伤心，我就越不敢承认自己拿了这笔钱。

母亲问我：“到底是谁偷了我的钱？到底是谁？”

直到供销社老头告发了我，我心里才一块石头落了地——找回还没被花掉的三十块，母亲可以不哭了。

许多年后我才明白这个事情带来的灾难性后果，母亲因为这件事情，和大家庭里的许多人吵了架，她觉得是别的什么人偷了这笔钱，却没想到“家贼难防”。

我一直觉得，是因为这件事，母亲对我彻底失望了——这件事给我带来的内疚感，远远超过其他一切事件加在一起对我造成的创伤。

一直到现在，我都不敢和母亲谈这件事情。

母亲，不知道您是否已经原谅了我，如果是，请告诉我。

5

我随爷爷的整个家族迁往县城之后，彻底和母亲失去了联系。大约有七八年的时间，我们之间音讯皆无。

是真的音讯皆无。母亲没来学校看过我，没来过信，也没委托什么人捎来过东西。母亲的形象，就像在镜头里不断被推远的雕塑，远得像个黑点。偶尔思念她的时候，那个黑点会亮一下，然后又坠入无边的黑暗。那个叫大埠子的村庄，仿佛囚禁了母亲，而我也像一直活在溺水状态，根本没有力气去解救她。

一九九二年，我十八岁，在街道的一家工厂打工。突然有个人找到我，说母亲要来看我，捎了口信问我想要买什么东西，母亲可以买来当礼物送我。

母亲可能觉得，十八岁是成年人了，她想要来和我确认一下母子关系。

没有多少人在见到母亲时会尴尬，可我见到母亲时却手足无措，一下子回到了童年时那个爱闯祸的孩子的模样。

这次见到的母亲，表情很温和，小时候那个面部肌肉紧张、表情焦虑的她消失了。不知道她是怎么磨炼出来的。

我跟母亲要了一辆自行车。一辆变速自行车，那个时代男生们都梦寐以求的大玩具。

母亲带我去县城十字街口的自行车店，我选，她付钱。真开心，那辆车三百多块钱，我三个月的工资，母亲帮我付了这笔钱。我觉得母亲真有钱，我真是个幸运的孩子，我们两个，都显得挺自豪的。

骑上新组装好的自行车，我一溜烟地消失了，忘了有没有和母亲告别，但母亲那温暖的笑脸，却深深印在了我心里。

后来，我骑着这辆自行车追到了女朋友，再后来，这个女朋友变成了妻子。

所以，要谢谢母亲。她用很少的花费，间接地帮我成了家。

6

我和母亲的联系，是以“年”为单位计算的，最长有七八年不联系，常见的是两三年不联系。最近这些年好多了，每年春节，当我们一家四口出现在大埠子三叔家，准备去给父亲上坟的时候，我都会见到母亲一面，长则半个小时，短则几分钟、十几分钟。

在那短短的一段时间里，母亲伸着手招呼着她的孙子、孙女，和她的儿媳妇热络地聊着天，两人不时地笑，我在旁边给他们拍照，亲热得宛若别的家庭，好像这些年没怎么分开过一样。

但当只剩下我和母亲的时候，场面就冷清了下来。母亲会说“你忙吧”，然后静静地转身走了，我有时会答一声“好”，有时候默不作声地看着她走。从这一走，到再见到，又是一年。

我的性格里，有一些与母亲相似的东西——很矛盾，很顽固，很复杂。会简单地为一件小事热泪盈眶，却会在重大的时刻心冷如铁。

在我最艰难的时光里，从来没有想过向母亲求助。上中学时需要交五毛钱拍学生证照片，我去向一个叔叔要钱，没有要来，但在路过母亲家的时候，也没有想到找她去要。我想，还是不要打搅母亲，让她过自己的生活。

母亲大概也是一样的想法。她从来不为自己的事打电话给我，偶尔有小事，也是让妹妹带话给我。

7

表姑曾好几次跟我说，“多跟你妈通电话”，我口头答应着，每次却在打开通讯录找到她的名字时没有拨出去。因为不知道开口说什么，也不知道母亲会开口说什么。

这么多年，我已经习惯了有一个在远方的母亲，她也习惯了有一个在远方的儿子。

除了知道我有两个孩子之外，母亲大概不知道我其他的一切，比如我是做什么工作的，我家庭住址在什么地方，在什么单位上班，每个月赚多少钱，和领导、同事关系好不好，辞职后靠什么生活……这些应该都是一般的母亲关心的话题，可是我的母亲好像并不关心。

除了确认母亲每年会在村口三叔家那里等我，我也不知道母亲的一切，她身体好吗，和家人相处得好吗，冬天有没有暖和的衣服穿，有人关心吗？

经常会想到这样一个场景：有人敲门，是母亲来了，她已经老了，老到无人愿意照料，只有投奔她唯一的儿子。

我也准备好了迎接她的第一句话：

“娘，您回来了。”

有关爷爷的坏话，正在消失

爷爷曾带着全家二十多口人在农村生活了近十年，之后又把全家从农村带回了县城。我们这个家族的身份，从市民到农民，又从农民变回了市民，不过是十几公里的路程，命运就这么颠簸了一个来回。

梦里

时常梦到爷爷：在他活着的时候，梦到他死了；在他去世之后，梦到他活了。那些梦无比真实，午夜惊醒的时候，看着卧室地上冰凉的月光，心脏会紧得透不过气来。

我会默默地在心里说一句：请您走开，别再到我梦里，我帮不到您什么。也会迷信地想：是不是他在那边，又没有钱花了？今年春节，一定给他多烧一点。

这两年随着年龄增大，也看多了生死，再梦见他的时候，也淡定了许多。躺在夜里，均匀地呼吸着，回想梦中的情境。虽然梦境瞬间褪去，能被记住的场景寥寥无几。

不明白为什么总梦见他，却很少梦见过其他家人。而且在梦里，与他相关的总是不好的事，可以这么说，他是总带来噩梦的人。这不由让我去沉思其中的由来。

这二十多年来

我对爷爷的第一个非常清楚的记忆，来自一九八四年。那年秋天他骑着自行车到一个名字叫“花园乡中学”的地方，把正在上初一的我，接到县城去。

从花园乡中学到县城大约有三十多公里路。初秋的乡村公路寂寞荒凉，那是我第一次走那么远，觉得这三十多公里，几乎像一生那么漫长。

爷爷曾带着全家二十多口人在农村生活了近十年，之后又把全家从农村带回了县城。我们这个家族的身份，从市民到农民，又从农民变回了市民，不过是十几公里的路程，命运就这么颠簸了一个来回。

回到县城一无所有的爷爷，和他那几个已经分别成家的儿子，在街道办事处的帮助下，租住了不同人家的房子。

为了养活家庭，爷爷依次做过这些职业：卖大碗茶、摆水果摊、卖凉菜、杀猪、摆书摊……那时候孩子们好养活，卖几分钱一碗的大碗茶，也饿不死一家人。

这二十年来，我印象最深的是，每年春节从北京回老家，路过县医院门口，看见爷爷在那里摆书摊卖书。

那个时间段通常是下午，书的封面不停地被寒风掀起，穿着棉袄的爷爷歪坐在椅子上打盹。有一年路过时，曾亲眼看到两个偷书的孩子拿起他们选中的书撒腿就跑，爷爷对此一无所知。

有时，我会在书摊那儿坐一刻钟再走。有时，则是路过看一眼，一秒也不停留。

姓氏问题

我从没认真听过爷爷的故事，本能地排斥，不知道是因为有关爷爷的那些往事太过凄凉，还是因为自己的承受能力不够。

据说爷爷的亲生父亲姓张，因为某种原因，被过继给了姓韩的人家。这对子孙后代来说是个噩梦，在家乡，改姓是个耻辱的事情。尤其是孩子们在学校遭遇同学们的诘问时，那种屈辱感无法用言辞形容。

爷爷从来不解释。他对这个问题既敏感又倔强，每每家里有人试图向他征询“真相”，他就会憋红着脸狠狠地回一句：“我姓韩，你们就也姓韩！”

在韩家，爷爷被收养的生涯似乎过得并不好，至于哪里不好，他没说过，别人也不知道。但我记得一个情形：他因为顶撞了他的后妈（我的太奶奶），被喝令跪下，而他老老实实地跪下了。要知道，那时他已经是五十多岁的人。

我对这种暴力反感至极，也曾利用一个孩子跑得快的特点，小心又反复地挑战太奶奶的权威，内心带着“复仇”的火焰，我是想帮他。不过，心里对他也带着一点恨，觉得整个家族生活得憋屈，很大程度是他带来的。

少爷作风

爷爷身上有“懒骨”，这是奶奶说的。

奶奶是地主家女儿，不算是大家闺秀，也算小家碧玉。至于为什么会嫁给一穷二白的爷爷，一个合理的解释是，那会儿地主家的女儿没人敢娶，一无所有的爷爷光脚不怕穿鞋的，结了这门亲。这也是他被人赶出县城的原因之一。

在家从没干过活的奶奶，嫁到韩家之后当牛做马，农活一样一样地学。清晨到地里，埋头干活到天黑，这种劳碌命一直到她瘫痪在床才结束。

而一直活得很遭罪的爷爷，在结婚后反倒有了“地主家少爷”的福气，在家里吆五喝六，动辄就大发脾气。在地里干活，忙不了一会就到树底下乘凉休息。奶奶经常被他气得半死，但仍然对他很好，每天都会用开水冲一个鸡蛋再洒上几滴香油，端给爷爷当早餐。

凡是劳心费力的事情，他都干不成。出门卖豆腐，卖了一天，一块豆腐也没卖出去。回家的路上赶上下雪，滑倒了，那一车豆腐都进了水沟。

能不干活就不干活，想发脾气就发脾气，爷爷成了家里谁都不敢惹的暴君。

有一年暑假，爷爷带我去玉米地锄草，不过五亩的玉米地，我们爷俩整整锄了一个月，结果，后面的还没锄完，前面已经锄过的就又疯长了起来。爷爷对此不以为然。“草是永远锄不完的，”他说。

剥削者

在一贯的家庭教育中，孩子是没有财产支配权的，所有人赚的钱，都要交给爷爷。我也不例外。虽然并不情愿，但当某种事物已成规律，我也就失去了反抗的勇气。

在打工岁月里，无论是每月赚八十块，还是每月赚两百块，大部分是要上缴的，大约留下十分之一，给自己零用。

记得有一年，在一家漂白粉厂干活，挣了五百块钱，很开心地交给爷爷，期待得到一句赞扬，但没有。他转手把这五百块给了我一个等待用钱还账的叔叔。我的心肺那刻被气得要炸裂，凭什么？！

最激烈的一次冲突，是因为家里丢了一角钱。奶奶放在柜子上的一沓一角钱，丢了一张，可能是风吹丢的，可能是老鼠拖走了，也可能是压根就没有那么一张一角钱。我被诬陷偷了那一角钱。

为了证实清白，我爬上椅子，拧下了堂屋的灯泡，把手伸了进去，以“自杀”反抗。为了一毛钱，我愿意送掉我一条命，这成为我心里久久过不去的一道坎。

但与钱有关的事，爷爷在两件事情上也表现出了“深明大义”。

第一件事，是我跟他要一千块钱买一辆摩托车。他慷慨地给了我，那辆摩托车成为我青春期最美好记忆的承载。记得当我一脚踹开摩托车，在巷道里加油一溜烟往外蹿，回头看爷爷的时候，他眼里有点儿羡慕也有点儿自豪，可能跟牵动了他的玩心有关系。这个场景，也成为我与他相关的少有的温暖瞬间。

第二件事，是我跟他要四千块钱重新进入校园上学。

他把这笔巨款拿了出来，改变了我的命运。

虽然那些钱都是我自己赚的。

矛盾根源

爷爷这一生有六个儿子，一个女儿。他最引以为荣的是，自己拥有这么一个人口众多的大家庭，但最为头痛的，也是这么一个人口众多的大家庭。

人多了，家里仅有的那么一点儿资源就容易引发争抢。爷爷与他孩子们之间的所有矛盾，都源自他对谁好了一点、对谁差了一点。有人对小时候挨过他的打耿耿于怀，有人对盖房子他没帮衬钱抱怨了一辈子，也有人对他所谓的偏心充满了仇恨。

家族矛盾没有随着他年龄的增长而有所缓解，反而随着他的衰老、权威不再，而变得更加激烈。

直到他因为脑血栓躺在床上，一躺就是十年。不知道这十年当中，他有没有想通，这一切的矛盾根源只在于一个字：穷。而他最大的罪过，是没有改变这个大家庭的命运。这是他没能尽到的父亲的责任，也是他力不能及的责任。

病倒在床上的爷爷，成了真正的弱者。他对每一个前来看望他的人示好。他最后的财产——一座破旧房子的房产证，成为他捍卫自己尊严的最后武器。

可他错把这个武器许诺给了太多人，反而又引发了新一轮的战争。这场战争一直在他去世多年之后仍然没有彻底解决。

爷爷去世那天，我以为自己会大哭一场，但事实上并没有。看着他呼吸完最后一口气，爱和恨，都归于平静。

爷爷这一生，和许多农民的一生一样，没有太大的差别。他们的命运，是这大地上最后的苦难。

纪念他

每年回去上坟，都会做隆重的准备。买更多的纸钱，包好的饺子第一份盛出来为他留着，酒要新开一瓶，下酒菜要四样以上。

亲人的坟墓都挨在一起，但纸钱烧给他的最多，酒菜也是分给他的最多。别人，只是象征性地分一点。

和叔叔们、堂弟们一起喝酒的时候，会聊到他，会聊他打谁打得最狠，骂谁骂得最凶，说到最后，有人红了眼圈，叹息一声，把一杯白酒一饮而尽。

有关他的坏话，在渐渐地消失。他的故事和他的名字，也会渐渐地消失。下一代，再下一代，估计连给他上坟的人，都会变得稀少。

人生可不就是这样吗？连纪念都是短暂的，何况其他。

奶奶的葬礼

那个夏天的下午，我坐在人民广场边上的水泥凳子上看手机，奶奶坐在轮椅上看着不远处的小树林，我们祖孙二人几乎什么话都没说。温暖的风一阵阵吹过，奶奶很安静，我的心里很平静。

1

下午时分，二叔打来了电话，聊了四五分钟。挂掉之后，表姑的电话紧接着打了过来，说的内容和二叔是一样的。

接完这两个电话，我站在客厅中央对孩子的妈说了一句话：“我该回家了。”她望了我一眼。这么多年她知道，她可以把我从各种场合与关系中抢夺回来，并把我变成一个以小家庭为绝对核心的人，但每当我那个总人口达五六十人的大家族对我发出呼唤时，我总会在第一时间奔去，不可阻挡，音信皆无，直到事情结束，才满眼血丝、唇裂面干、疲惫不堪地回来。

傍晚时分，把女儿从幼儿园接回家，开始收拾行李。这次回老家的理由是，奶奶已经走到了生命的最后时刻。

2

已经参加过不止一次葬礼。最早是我父亲的，他去世很早，那时我大约只有五六岁。

在进入四十岁之后，需要奔赴的葬礼突然多了起来，姑父、爷爷、大爷爷、二婶、四叔。重病、衰老、车祸，是他们去世的原因。每一个人去世所带来的信息，都交织成一片精神世界里的悲伤与苍茫，“人生无常”的念头会在内心某个角落里不停地流动。

我对葬礼有不小的抗拒心理，作为一个天生感性的人，却无法做到像别人那样在葬礼上哭泣。我的眼泪可以在与亲人几杯酒喝下之后掉落，却无法在亲人的葬礼上流出。后来我为自己找到了原因，父亲去世时，童年的我不懂发生了什么，因为没有哭泣而遭到了一顿拳打脚踢，这对一个孩子来说是一桩恐怖事件。自此我埋下心理阴影，长久的歉疚与疼痛，不断激发出一种心理保护机制，不可以在葬礼上哭泣——在我自己父亲的葬礼上都没有哭起来，别人的葬礼更没法做到。

不哭，不意味着不爱我的亲人。每一位去世的亲人，都与我有着道不尽的亲密联系。在我失去父亲之后，姑父像一个父亲那样疼我，夏天的时候，他常带我去河里游泳；爷爷摆了很多年的书摊，我与姑父一起守在书摊旁阅读，时间漫长又温馨；在二婶眼里，我是她最值得骄傲的侄儿；而四叔，则是确定我人生价值观最重要的一个人。他们走了，但他们的基因，他们的言行方式，都还留在我的躯体与精神里，这是我对远行亲人最好的纪念。

3

奶奶躺在五叔家的客厅里。

在此之前，她住在二叔家中，或是感觉到时日无多，她说出的最多的话是“回家”。五叔家的房子是爷爷奶奶留下的，她说的“回家”，表达的是希望在自己家中去世，这是老人们普遍的意愿。在去世前，用自己的最后一丝力气，作出相对正确的选择，降低子孙后代们发生纷争的概率。

春节的时候回去看她，她脸色红润，饮食正常，还知道向我要红包，再分成许多份，等小孩子们来拜年时分发给他们。春节刚过去一个多月，她的身体状况就急转直下。我隐隐约约知道，因为新一年谁来继续抚养照顾的问题，几个叔叔起了争执，因为说话声音有点大，不小心被她听到……但这事已经无法深究。

奶奶已基本失去意识，但在五婶告诉她我回来了之后，她还是努力地想睁开眼睛。我喊她“奶奶”，说“我回家了”，她想把手从被子里伸出来。我懂，知道她是想让我握着她的手。人在恐惧的时候，需要有一双手可以握。在回家后的第二天，奶奶的面容发生了很大的变化，额头的皱纹舒展开了，整个额头显得柔润而饱满，眼睛也能勉强睁开一会儿了。那一刻她的眼睛，根本没有老人的眼睛的浑浊与黯淡，相反，却有不可思议的亮光，如同一个孩子找到隐藏的礼物的喜悦。可惜这样的时间太短暂，奶奶的眼睛再次闭上后，就不愿意再睁开，能感受她生命气息的，就是她时而清晰可闻时而气若游丝的呼吸。

奶奶临走前的两个夜晚，是我和二叔陪伴度过的。第一个晚上，能听到她偶尔的叹息。叹息声音大一些的时候，二叔会端来一个小钢碗，用小勺湿润她的嘴唇，再喂下几小勺水，喝下水之后，奶奶就能安静下来，如同熟睡一样。我小声问二叔，奶奶会不会觉得疼痛，二叔说不会的，这个时候人的身体会失去感觉，像是飘在半空中。这让人感到一点安慰。

第二个晚上，奶奶的气息更低了，有时候我们用心聆听，十多分钟的时间也听不到她发出任何声音，直到她悠悠地吐出一口气。二叔过来跟我商量，说有人建议到了夜间十二点的时候，把客厅和院子的门都打开一条缝，这样老人才能顺利地离开家上路，紧闭着房门与院门，老人没法走。我不信，但也同意了，没想到，打开门缝后的那个早晨，奶奶真的走了。

奶奶走的最后一刻我不在她身边。我回酒店房间里冲一个澡，冲完澡出来看到有好几个未接来电，拨回妹妹的电话，妹妹的声音已经变了腔：“哥你快回家，奶奶马上就要走了。”虽然有着充足的心理准备，但这个消息还是让我懵掉了。

酒店门口打不到车，好在离家不远，我决定跑着回去。路上的汽车很多，还有三轮车，行人也多，车和行人好像故意和我作对，都出现在我面前，阻挡我往前跑，心里焦虑万分。

好不容易跑到大约一半路程的时候，一排结婚的车队停了下来，可以远远地看到新娘的车辆也停了下来。这个时候地面上长达两三百米的鞭炮开始爆炸，路两端的车辆和行人挤成一堆，道路被堵得水泄不通。我把羽绒服的帽子戴了起来保护头部，屏住呼吸，困难地穿过人群，穿过浓烟滚滚的鞭炮爆炸现场……

那一刻觉得整个世界都是假的：奶奶去世的消息是假的，眼前看到的这个结婚车队是假的，鞭炮的爆炸是假的，我的奔跑也是假的。一切的一切，都像是发生在电影里一样，我是在银幕中的画面里，跑着跑着一下子从画面里掉了下来。

临近家的时候，听见一阵悦耳的音乐声，类似于《运动员进行曲》之类。我有些惶惑，难道不应该是哀乐吗？仔细分辨了一下才知道，那是不远处的中学用大喇叭播放给孩子们做操用的音乐。这个世界还是那么热闹，人们都还在照常生活着，可是奶奶却不在了。

到家的时候，家中已经哭成一团。

4

漫长的葬礼过程开始了。

街道办事处专门负责葬礼的团队迅速到位，开始安排葬礼流程。估算了整个葬礼需要的费用支出，奶奶留下的六个儿子开始集资，我代表我去世的父亲，我的四弟代表他去世的父亲，来出这笔费用。葬礼团队拿到钱之后开始去采购烟酒、肉菜，以及其他备用品。

老人去世的第二天是“家宴”，整个大家族的人，在晚饭开始之前，到灵棚里给老人三拜九叩。三拜九叩严格按照传统的礼仪进行：双手高高拱过头顶，垂于腰下，手按膝盖跪下，深深磕头之后再手扶膝盖站起，如此反复。在磕到第五个头的时候，长子或长孙要上前一步，递香、递酒、递纸钱……我完全不会这些动作，只好请二弟代劳。旁边的人议论纷纷，觉得这是老大的事情，不应该请弟弟代办。

迎接络绎不绝送来的纸花圈，给磕头拜祭的亲戚朋友回礼，在纸扎的牌楼中装满“金银财宝”……几天下来，膝盖已有隐隐血迹。

整个葬礼过程，也是一场高浓度的PM2.5吸入活动。堂屋里不断燃烧的纸钱制造着浓烟，不一会儿就会有人被熏出去，咳嗽，用水冲刷眼睛后才能重新进来。其中还有一个仪式叫“摔孝盆”，所有的亲人们被拉到路边，整齐地排好队，几天纸钱燃烧后剩下的烟灰被重重地摔在地上，浓浓的烟灰如同一股黑雾一样迎面袭来。

奶奶的葬礼，赶上了新一轮的移风易俗。基层行政机构在对葬礼文化的干预上，起到了非常明显的作用：不许有葬礼乐队的表演行为，甚至连乐队干脆都取消了，取而代之的是一只只能播放哀乐的专用音箱。据说葬礼乐队的人在失业之后，都选择了去“快手”发展。送花圈，纸的可以，用鲜花做的花圈禁止收取。酒席严禁大操大办，规定每桌饭菜不准超过一百元。除了直系亲属，结拜的兄弟姐妹，不许佩戴孝帽、孝布……如果违反这些规定，主家就会受到罚款处罚。

这是好事。

5

奶奶的葬礼，是整个家族漫长的乡村生活最为顽强的一种延续。整个家族从乡下迁往县城三四十年，有些生活方式已经慢慢地有了城市化的痕迹，但在经历葬礼的时候，包括我们的家族，以及县城里的其他家庭，都还在延续着过往几百年延续下来的葬礼礼仪。

我早已决定，如果有一天，到了我需要写遗嘱的时候，会特别写到，我不需要任何形式的葬礼，不需要告别，不需要哭泣，我只希望最亲近的一些人能在一起，吃顿饭，随便聊聊，希望他们说到我的时候能微笑。这个过程，不需要太多时间，一顿饭的时间就好，然后大家都各自去过好自己的生活。

6

我在奶奶的火化单上签了字，写下她的名字——李树英，这个名字和我在同一个户口簿上。她走了之后，整个户口簿就剩下我一个人的名字。

火化场里，几辆殡仪车停放在那里。逝者各自的亲属们站在院子里，要么低声说话聊天，要么沉默地抽烟。

每隔一会儿，火化场那个高耸的烟囱就会冒出一股浓烟，这标志着一个人的遗体变成了一捧骨灰。每个人不论出身，都在这里与这个世界告别。

有人把奶奶的骨灰盒交到了我手里。这是我第一次看到骨灰盒的造型：长方形的房屋造型，有着阁楼式的挑角。骨灰盒用一块红布包裹着。

回家的路上，坐在殡仪车里，骨灰盒在我的怀里。和我想象的不一样，骨灰盒传递出的温度不是温热的，而是凉凉的。尤其意外的是，我感受到的并不是死亡的气息，而是近似于重生的喜悦。

我曾经把奶奶抱上汽车的座位，抱上轮椅，但这一次是抱着她的骨灰。她患病的身体曾让我感到沉重，此刻却轻盈得像个婴儿。骨灰盒的触感，也变得近似于丝绸。我尽力地拉长这个瞬间，仿佛这样还可以与奶奶再相处一段时间。

我脑海里始终浮现着一个画面：某年夏天，我暑假回家看望奶奶，用轮椅推着她去县城中心的人民广场散心。瘫痪在床后，她很少有机会出门，每次被人推出来，都像孩子一样好奇地四处打量，贪婪地观察着一切，好像要把所有刻进脑海里。

那个夏天的下午，我坐在人民广场边上的水泥凳子上看手机，奶奶坐在轮椅上看着不远处的小树林，我们祖孙二人几乎什么话都没说。温暖的风一阵阵吹过，奶奶很安静，我的心里很平静。

7

直到对丧事礼金顺利分配完毕，葬礼才算真正结束。奶奶一生抚养过众多孩子，也照顾了无数孙子、孙女，没有任何现金之类的财产留下。

只有一座房子，这是一个巨大的隐患。在以后漫长的一段时间里，关于它的所有权和分配权问题，都会引来麻烦。尽管每个叔叔在县城里都盖有两层的自有平房，或者拆迁分到了楼房。

但时间紧张，已经没有多余的时间用来讨论这个复杂的问题。

我来负责主持葬礼的这个环节。一次次阻止有些人发怒，一次次安慰有些人的满怀委屈，用尽可能快的速度达成统一意见，对不满者给出补偿建议……家族生活曾是我逃离家乡的一个理由，但那会儿深刻地觉得，自己又生生地被拉了回来。

曾经发誓，在奶奶去世之后与整个家族要保持更远的距离，但事实证明这是徒劳的想法。重新介入到整个家族的活动中来，几乎是我不可违抗的命运。

在整个家族谱系里，我是一个走得最远的逃离者，一个性格柔弱的长孙，一个永远的和事佬，一个心里有恨表面上却什么也不说的人。但在奶奶去世之后，我感觉到自己的身份有了微妙的变化，再看去叔叔、婶子们的言行时，觉得他们也没那么生气，甚至认为五六十岁的他们，已经像孩子一样……

他们只是走不出曾经的贫穷记忆，无法控制生活环境造成的恶劣影响，因为缺乏长久的、温暖的爱和关心，才会任由自己的情绪外露。

离开故乡，回到寄居地，短暂休息之后去接放了晚自习的儿子下课，在车里告诉他："我奶奶——就是你的太奶奶去世了。今年春节回家，你再也看不到她了。"

他沉默良久，说了三个字："我知道。"

父子一路无言。

故乡守墓人

三叔为什么甘愿在那个偏僻的村庄，当一个孤独的守墓者。他守住的，不是一位位去世的亲人，而是一份他自认为珍贵的情感，还有他觉得温暖的情境。

失败者

三叔又一次在“家族权力争夺战”中败下阵来。尽管这次他做了十分细心的筹备，先是由外至内层层递进，后是逐步“收网”、终极“亮剑”，但还是在最后的关键时刻被“一票否决”。

事情开始时是这样的：我在一个傍晚接到三叔的电话，电话中他除了和往常一样问我近况、问孩子的学习成绩之外，还有意无意地透露了一个愿望，希望给留在大埠子的祖先以及去世家人的坟各修一座墓碑。

大埠子是我出生的村庄。我们这个大家族在这个村庄生活了近十年，到八十年代举家迁往县城的时候，留下了十余座坟墓，包括我太爷爷、太奶奶、大爷爷、大奶奶，以及我父亲等等。只有三叔一家留了下来。

他也曾像别的叔叔那样迁往城里，但生活了一段时间之后，受不了城里的汽油味，也不喜欢城里缺乏人情味的氛围，于是他那个小家庭又迁回了大埠子村，在那里生了一个儿子、一个女儿，打算终老在大埠子。

三叔说，村里只要是大一些的家族，都会集资给祖上修一座墓碑，墓碑上写着祖先的名字，刻上子孙后代的名字，一目了然，别人看到了，就知道这个家族的来龙去脉了。

还有，后来出生的孩子们，上坟的时候到了田野里，无头苍蝇一样，每次都找不到坟头，烧错了纸可是件大不敬的事情。

“咱们凑钱给每个坟头都立个碑，你说阔气不阔气？”三叔这样问我。

“当然好。”话说到这个份上，我没理由不支持三叔的观点。

“那你和你的小兄弟们商量一下，看看这事怎么办。”三叔这样交代。

在微信群里，我对七八位堂弟、表弟们说了这件事，当然，在说的时候，也是用征求意见的口吻，还启用了投票制——少数服从多数。

弟弟们对此并非热情高涨，但也没有反对意见。三叔的儿子也就是我的三弟，对他父亲的意见自然是支持的，他说："大哥只要决定办，我就支持。"

于是，我们这一辈兄弟，算是达成了共识，修墓碑的费用，由作为大哥的我出一半，其余的弟弟们，分摊剩下的一半。二弟和三弟负责跑腿，收集晚辈们的名字，寻找刻墓碑的厂家……我们准备踏踏实实地把这件事情做起来。

在筹备的过程里，三叔又来了一个电话，这次的电话内容是，想要把我爷爷、奶奶的墓，由县城迁回到大埠子去，理由是，我爷爷的爷爷的墓就在大埠子，落叶归根，去世的亲人们，应该聚在一起。

"你说，我这个想法在不在理？"三叔问我。

"在理。"我这么回答着，心里却犹豫了，迁坟在老家是个大事情，不能轻举妄动。

但三叔为这个事情，做了很好的设想，他打算用自己的良田，去和村民换不适宜种粮食的地作为墓地，一亩换一亩，然后把迁来的坟墓，集中在一起，这样一来，以后上坟就不用东湖、西湖跑两片地了，在一个地方就能上完。

我答应三叔，再和小弟兄们商量一下。微信群里又聊迁坟的事情，弟弟们没人反对，他们还年轻，或许觉得，支持或反对这件事情，意义都不大，只要有人想要做这件事情，那么去做便是。

三叔就要“大功告成”之际，二叔的电话打了过来，“凭什么修墓碑和迁坟都不告诉我一声？你们还把我放不放在眼里？！坟不能迁，你爷爷奶奶刚安葬不到一年，绝对不能动！”

“那墓碑能修吗？”

“墓碑也不能修！”

五叔的电话也打了过来，态度干净利落，这事他不同意。

我父亲去世后，二叔是家里说话算数的人，无论什么事情，他有一票否决权。

于是我赶紧打电话告诉弟弟们：二叔不同意，所有准备工作立刻停止。

也打了电话给三叔，三叔沉默了一会儿，本以为他会大发雷霆的，但他最终还是嘟囔了一句：“不让弄就不弄了，唉——咱们家，做什么事情都做不成。”

后来我想过三叔想要修墓碑和迁坟的心理动机，他是想让离开村庄的亲人们尤其是孩子们，一年当中能多几次机会回来，那个村庄只剩下他一家，没有亲人在了，他一个人在那里，觉得孤独。

守墓人

少年时，离开大埠子的我万般不情愿回到大埠子，三叔每次都是语重心长地劝我："你要回来，给你父亲上坟。你不愿给别人上坟可以不去，但你父亲的坟你要来上。"

大埠子距离县城三十五公里。以前那里交通极为不方便，每次过去的路以及回来的路，都无比漫长。

曾经通往大埠子的唯一一条路，晴天的时候坑坑洼洼，自行车难以通行，要时不时下来推着走；雨雪天的时候泥泞无比，每次通过它都要经历一番严峻的考验。

但不管怎样，每年，至少春节前的小年要回去一趟。上坟要赶在小年这天去最好。但不管怎样，三叔都会在他家门口或者村供销社门口，等待我一个人到来，或者带着弟弟、妹妹、孩子等一支队伍过来。

上坟对于三叔来说，具有很郑重的仪式感，因此他要安排三婶包水饺、炒菜，他带着我们剪火纸。这个流程要历时三四个小时，因而常常让我心急如焚——上完坟天就快黑了，还要赶路回县城，没法不着急。

但有一次，三叔和我在我父亲坟前说了一段话，让我再也不着急了。

他说："你们都走远了，不想回来了，以后你们的孩子，也慢慢忘记这里了，没关系，只要你还能来就好，以后的子孙们，不想来就不来了，反正我还在这里，还能守几十年，只要我一天还能动，就能来给你父亲上坟。”

三叔说这段话时哭了，我也哭了。从此我老老实实，到了点就来大埠子，为的是给亲人上坟，也为安慰三叔。

三叔已经五十多岁了，他还能在那十来座坟墓前守多长时间？

他说，没关系，他不在了，还有三弟在。

三弟是名长途货运司机，经常全国各地跑，但无论跑多远，回来的时候，还会把他的大车开回到大埠子，陪着他的父亲。

很多次我都建议，三叔和已经结婚了的三弟彻底离开大埠子，到县城去居住，毕竟城里生活条件好一些，挣钱容易一些，孩子得到的教育也比乡下强，但三叔固执地不愿离开。

那段他说过的话，难道要当承诺守一辈子吗，这太不公平了。

我与三叔

“你爷爷最讨厌的儿子就是我。”三叔不止一次这么告诉我。

在爷爷去世之前，三叔与爷爷的战争一直没有停歇，父子两人经常爆发激烈的争吵。争吵的原因，无非是三叔觉得爷爷偏心，在他成长的过程里，没有公正平等地对待他。

三叔与爷爷以及自己的兄弟们之间剑拔弩张，但对晚辈却最有柔情。那是一九九〇年代中期，我在市里一所学校读书，在校长的鼓励下，办了一份校报，但学校没有资金支持，等到需要印刷的时候，我手里根本拿不出钱。

我给三叔写了一封信，寄到了百里之外的大埠子，忘记了那封信究竟写了什么内容，总而言之是希望他手头方便的话，借我几百块钱。

信寄出了，就忘到了脑后，因为潜意识里觉得，那封信他收不到，就算收到了，他也凑不出那份钱。

没想到，一周多后，有人敲开了教室的门，是三叔!

三叔这是第一次出远门，担心不会坐长途车、找不到路，在村里找了一位认字识路的邻居，一起不远百里找到了我的学校。

三叔从怀里掏出个信封，那里是他不知道从哪儿凑的几百块钱。三叔觉得，我办报纸是一个有文化的事情，在他的观念里，孩子们只要做与文化有关的事情，家长就该支持。

那会我还年轻，并不懂得感恩，只是心安理得地收了那份钱，而且还很快忘到了脑勺后面。三叔始终也没有提过这件事，等到十几年后的某一天我突然想到这件事，心痛到无以复加。在困难的日子里，这个“大忙”无异于一种恩典，我却忘记了好多年，等到想起来，面对面感谢他的时候，三叔却说：“那会儿，你写信来，我就算砸锅卖铁也要帮你。”

最关心你的人，总是在你需要的时候才出现，你不需要的时候，他总是安安静静地，从来不打扰你。三叔就是这样的人。

等到我有了一点能力，可以帮助家人的时候，却发现在漫长的时间里，帮助最少的，竟然是三叔——他从不向我要求什么。

只有一次，三叔打电话给我，说村里拆了他盖的小店，村支部书记答应补偿他的宅基地，却在拆迁之后没了消息。村支部书记是我童年时的玩伴，三叔问我可不可以帮他打个电话。

犹豫了好几天，终于在一天夜里喝完酒之后，拨通了村支部书记的电话。在电话里，我们没有得到很好的沟通。最后我急了：“你答应的事情必须要办到！”

“我要是就办不到呢？”村支部书记大概也喝了酒，拱了火般回答我。

“那等我回大埠子揍你！”我恶狠狠地答。

没想到这句狠话起到了非凡的沟通效果，村支部书记在电话里哈哈笑了起来：“你三叔就是我三叔，我就是逗逗他，哪能不给他补偿呢。”

后来，我一想起曾在一个深夜丢掉颜面为三叔去争取利益，就会觉得有些快慰，毕竟，这是我正儿八经地第一次帮他说话。

有一种可能

三叔在大埠子村的北边，有一座住了很多年的院子。

每次进了村庄，拐弯，把车停到他院子门口，就要踏进他家门的时候，心里总是无比地亲切、踏实。

三叔在我小时候栽下的银杏树，已经长得高高大大了。院子中央的压水井，生了锈，但还是能轻易压出水来。

女儿两岁的时候到我三叔家，就喜欢玩那个压水井，如今七岁了，每年过去，仍然会压水玩儿。

我和三叔坐在堂屋门前聊天的时候，抬头顺着宽宽的堂屋门向天空望去，感觉眼前有了一个大银幕般的视窗：高远处，有蓝天白云，有这个压抑的村庄从来不具备的某种开阔与淡然。

在我四十岁之后，脑海里时常会冒出一种想法，有没有一种可能，在十年或者二十年之后，我也回到大埠子村，在村里，租一间房子，或者干脆住到三叔家里。

空闲的时候，我们爷俩喝一杯酒，谈谈往事，在他有了酒意说着话想要哭的时候，默默递上一支烟。

这是年轻时从来没有想过，也不愿意想的事情。

这个时候，也真正明白了，三叔为什么甘愿在那个偏僻的村庄，当一个孤独的守墓者。

他守住的，不是一位位去世的亲人，而是一份他自认为珍贵的情感，还有他觉得温暖的情境。

他是世间一枚笨拙的陀螺

我想像四叔那样，尽管是这世间一枚笨拙的陀螺，也能够努力转动。可是一个走出乡野的孩子，转动起来太艰难。我也想像四叔那样，把整个家族的期望背在自己身上，但真的是背不动。背不动，就变自私了，就放弃了，就把精力用在了经营自己的小家庭上。

四叔去世的那一天，我在返乡的深夜火车上，不禁想起他离开家园，在乡村四野晃荡的时光。那时他的身影，该是多么消瘦与孤单，但那也应该是他一生中，最自由逍遥的时光。他终于抛弃所有，放下所有，为自己而活。

半年多前，听到四叔病重的消息，就有一个不好的念头——他不会在这个世界上活太久了。他这一生劳累太多、吃苦太多，小病不治，大病拖延，对身体亏欠太多，任是谁百般劝告，他总是舍不得往自己身上花钱。时间久了，家人也就习惯了他病恹恹的样子。

小的时候，四叔曾留给我极为深刻的记忆。他性情柔软，说话的时候满脸堆笑，是个帅气的男青年。他的名字叫韩佃斌，他告诉我，“斌”这个字，是文武双全的意思。他写得一手工整的钢笔字，所以我更认为他是个文化人，像是一个出生于知识分子家庭的人。但事实不然，我们这个家族到了四叔这一辈，已经都是彻底的农民，不知道四叔是继承了哪位祖辈的文雅之气。

其他的叔叔们粗犷、大线条，呵斥小孩乃至打小孩屁股是常有的事，唯四叔总是以平等的眼光来对待我们。是的，他不令人惧怕，他身上仿佛总是有一圈无形的和煦光芒（那不是属于年轻人的），让人不自觉感到亲近。我总愿意和他在一起，下湖，割猪草，干农活。

有一次在湖里割草，草丛深深，而我心不在焉，一镰刀砍到了大脚趾上，顿时鲜血直流，在我疼痛昏倒失去知觉之前，永远地记住了四叔那张吓得惨白的脸。后来听说四叔简单用衣服给我包了脚，抱着我疯了一样往村里的卫生室跑，边跑边哭。那年我大概八九岁吧，不明白四叔是因为害怕、心疼，还是别的原因哭，可能是都有吧，我没见到四叔哭泣时的脸，但那次之后，内心对他又多了一分亲近。

四叔常和我聊天，聊一些孩子听不懂的话。他说话的语速慢，断断续续，听着不累，也隐约能感觉到他话里的哲理。那么多话中，只有一句话我记得，他说："如果我们整个大家族，每一个人都能够活得好好的，我哪怕死也没关系。"这句话像道闪电一样把我的童年世界照耀了一下。时间久远，我不知道现在记得的这句话，是否一字不错。但他的意图，我是非常明白的。那时候不懂什么叫牺牲精神，但他这句话让我懂了。从此一副沉重的担子，也压在了心头，一直压到今天。

我父亲是老大，他在世的时候，也是出了名的脾气暴躁，他的弟弟没少挨过他的揍，但四叔没有。四叔从来都不做令人生厌的事，干体力活总是冲在前头，像头累不垮的牛。他会天不亮就一个人去田地里干活，等别人到的时候，他已经把属于自己的那份干完了。在得到夸奖的时候，他会笑得露出一口白牙，然后再帮别人干。

他对孩子有怜惜，总觉得孩子不应该做农活，但没办法，在过去的农村就是这样，不能有吃闲饭的人。我记得有一年夏天割麦子，中午在地头树荫下休息，我忍不住困倦便熟睡下去。半梦半醒的时候，听到四叔的声音——"他累了，别叫醒他，让他多睡会儿。"那天的午觉我睡了个饱，四叔的话，让我在朦胧睡梦中感觉到了甜意，也是至今想起来仍然能让我心头一暖的记忆。

我踏入社会的时候，有半年是和四叔在一起工作。那时候他在一家漂白粉厂打工，这种工厂不但极度劳累，而且空气污染严重，一般人没法坚持半年，但工资相对较高。四叔仿佛是为了践言——只要家人过得好他死都愿意，在我成为他的工友之前，他已经在这家工厂工作了两年。

我来这家工厂，是追随着四叔而来的。潜意识里，我也想成为他那样的人，做苦活，出苦力，为了家人多挣钱，这是四叔带给我的价值观。那年我大约十七八岁，每天把又厚又重的防护服穿戴整齐，出入味道刺鼻的车间，把几十吨的生石灰，生产成具有消毒功能的漂白粉，再一袋袋打包，扛上运输车运走。几十吨的货物，就这样在我们少数几个工人手里辗转。我不服输，从来都和四叔做一样多的活。夜里加班累了，一起躺地上，和衣小睡一会儿，任由露水打湿衣服。发了工资，和其他工友一人一瓶白酒，喝个痛快。

后来累吐血了一次，四叔坚持不让我再做这份工作了。我转向别的职业，直至重新进入学校读书，远走他乡。

一走就是近二十年，见四叔，也就是每年春节的时候去他家里拜年。每次见他，都是在客厅里简单地聊上一刻钟的样子。那一刻钟，聊不出什么来，他不愿意诉说自己。我因为要赶场子拜年，十几家要走下去，也总是没时间和他喝一杯酒，听他打开话匣子。所以这二十年来，他究竟是怎么过的，我竟然从未听他亲口说过。

听到的，都是和家人通电话时得到的点点滴滴。四叔年龄大了之后，变得木讷寡言，他从不给我打电话，我也极偶尔打给他，闲说几句就挂了。我听到，他在一家工厂烧锅炉，每月薪水微薄，但好在不甚辛苦。怪不得有两年回家，看到四叔的脸总是黑黑的，但笑起来，牙齿还像年轻时一样白。

我还听到，有段时间因为家庭矛盾，他离家出走了。听到这个消息，我居然有点儿替四叔高兴，那段时间，他该是暂时忘记了家庭责任，忘记了压在身上的所有负累，快活地为自己活了一段时间吧。想到他在乡村四野游走晃荡，身影既消瘦又孤单，我便想象他该体会到那种难得的逍遥与自在。那是属于一个诗人的生活，被寄托于某种信仰之上，那种生活使他告别了自己的农民身份。包括后来他面对死亡的勇气，也是从那时候就开始积攒下的吧。

这么多年来，想到四叔就会想到一枚在坚硬水泥地面上不停旋转的陀螺，有外在的鞭子逼迫着他旋转，也有内心的力量在驱动着他旋转，他想停歇，但不到生命最后一刻，是永远停不下来的。

我想像四叔那样，尽管是这世间一枚笨拙的陀螺，也能够努力转动。可是一个走出乡野的孩子，转动起来太艰难。我也想像四叔那样，把整个家族的期望背在自己身上，但真的是背不动。背不动，就变自私了，就放弃了，就把精力用在了经营自己的小家庭上。我觉得自己辜负了四叔的期望，尽管我一直是他引以为傲的人，却没能够给他更多的关心。

四叔去世的时候五十多岁，正是好年纪，他该是自己小家庭的主心骨，自己孩子们的顶梁柱，可如今他却被一抔黄土深深掩埋。

去埋葬四叔的时候，我和弟弟们把人们祭奠的盆花都带到了墓地上，在新坟周边挖了二十多个小坑，把那些鲜花都栽了进去，把车里的一整箱矿泉水都拆了打开，浇灌这些花。这该是四叔这一辈子，第一次收到鲜花，也是唯一一次收到这么多鲜花吧。它们在冬天枯萎，可根却留在了土壤里，春天来的时候，幸运的话，那些花还会开。

在栽下那些花的时候，想到明年春天，四叔的墓边会开满鲜花，不禁在心头微笑了一下。我想四叔如果在天有灵，也会会心一笑。

六叔，他是传奇

每当夜幕降临，又到了一天中推杯换盏的时刻，他就忍不住摇起微信呼朋唤友去喝酒。酒桌上的六叔开心又肆意，埋单者的角色为他换来一阵肉麻的阿谀奉承，在那一刻，他俨然忘记了生活的苦难，而成了一个成功人士。

六叔的童年

一九七〇年冬天，六叔出生于鲁南与江苏交界的一个名字叫大埠子的小村庄。村庄只有一条泥泞的堤坝路通往外界。

六叔来到这个世界的时候，他前面已经有五个哥哥和一个姐姐。大哥是村里的会计，二哥是个木匠，三哥是个农民，四哥是个农民，五哥是个泥水匠，唯一的姐姐一到临嫁的年龄，就嫁到了五公里开外的一个叫北涝沟的村子。

六叔出生的时候，原来在县城街道办事处做小领导的父亲（我爷爷）刚被“造反派”赶下台，六叔的父亲便带领一家老小浩浩荡荡到了鲁南之南的这个小村，投奔他唯一的大哥（我大爷爷），艰难地从小市民转为农民。

六叔最深刻的童年记忆，就是在大哥的带领下去田里撸未成熟的麦粒吃。弟兄几个躲藏在麦地里，吃得满嘴绿油油，吃完后擦干净再偷偷回家，不敢被村干部发现，否则会被父亲狠打一顿。

暴力是六叔童年时代的家常便饭。爷爷从一个公家人变成了一堆农民娃的爹，气不打一处来，心情不好看到孩子闹心，谁惹了事就会遭到一顿暴打，往死里打。

六叔骨子里的暴力基因就在那时种下了。在六叔的童年回忆里，很少能得到来自父母与哥哥的关怀与温暖。

六叔进城

一九八七年春天，十七岁的六叔跟随我爷爷回到了县城。此时韩氏家族已经失去了一切，户口、土地、住宅、工作等等，一无所有，在接下来五六年的时间里，才慢慢地变回为穷困的小市民。

几个已经成家立业的叔叔们都分开生活了。六叔随我爷爷一起，在城里杀猪。杀猪和卖猪肉是祖业，据说我爷爷的爷爷曾是县城里的风云人物，虽然也是杀猪的，但敢和县官抢女人，后来被人设计陷害，抓起来枪毙了。说这事时没人觉得是耻辱。死，向来在这个家族不算什么大事，悲壮而勇敢地活着，才能成为被尊重的人物。

从没进过县城的六叔进城之后居然如鱼得水。他很快顶替了爷爷的角色，成为家里的顶梁柱，不但是干活的主力，顺便也管起了钱。谁管钱，谁就是当家的。但他毕竟还是个孩子，做错事情的时候，还会劈头盖脸挨一顿打。

说他如鱼得水，还因为他很快就褪掉了农村孩子没见过世面的拘谨与胆怯。他有了同伴，新结识的朋友都是在街上横着走道的年轻人。他抽烟、喝酒、结拜兄弟，打架、闹事、假装社会人。回到县城的六叔仿佛找到了活着的尊严。

六叔的人生转折点发生在一九九〇年。那年的一个夏夜，他关系最好的几个朋友在街头店面玩牌，深夜散场后发现一个小偷在撬门，几个男青年一拥而上，把那个小偷打死了。恰逢“严打”，几个人里一个被判了死缓，一个被判了无期，剩下的刑期不等。六叔因为那天太累睡得早没有参与玩牌，否则凭他的性格脾气，一定不会闲着，命运会就此改写。

六叔在街上看到最好的朋友被捆起来浩浩荡荡游街的

时候，哭得肝肠寸断。自此之后他老老实实地从事他的正当事业——杀猪赚钱，很少再上街混了。他一直坚持每年都去监狱里看他被判了刑的朋友，还要求我给他的朋友写信。

六叔与六婶

六叔的肉摊摆在县医院南边十字街头的东北角，西南角有一个炸油条的摊点，经营的人家来自江苏，六叔在那里认识了六婶。六婶来买肉的时候六叔经常不收钱，六叔去吃油条的时候六婶也经常不收钱，一来二去两人就谈起了恋爱。也有一个说法是，两个人并不是自由恋爱，而是经人介绍直奔主题结婚去的。都是外来户，又“门当户对”，谁也别挑。

结婚的头两年，六叔与六婶经常吵得天昏地暗，打得头破血流，无非是为一些鸡毛蒜皮的小事，先是口角，然后上升为武力。直到现在，他们也没改变这种“交流”方式。战斗升级的时候经常还会殃及池鱼——把爷爷奶奶住的屋门一脚踹开。

战斗的婚姻进行了二十多年，却也一直没解体。六叔偶尔会良心发现，对六婶表现出温情的一面，比如他心情好的时候，会突发奇想把六婶拉到县城的服装市场，一口气给她买许多衣服；遇到节日或六婶生日的时候，也会买个戒指、项链什么的送她，顺便说句情话——“别的女人有的，你也得有。”六婶就会像电视剧里的女人一样，感动到流泪。

六婶一直没有停止怀疑六叔在外面有女人。自从六叔有了手机，两人之间就没停止过“手机疑云”，一旦六叔关机或者开着机却不接电话，六婶的情绪就会失控。还说他自打安装了微信之后，“火得不知道自己姓什么了，整天在那里摇一摇，摇出了许多小妖精”。

六叔自然矢口否认。长得不好看，穷，脾气又坏，“没有一样能数得着的”，能有人看上他也算是真爱了。但六婶坚持认为，城里有个开工厂的女老板，身价上千万，和六叔在 KTV 认识之后，就迷上了六叔，不但给他买衣服，送手机，还给他偷偷生了个儿子。

六叔与儿子

六叔有一个亲生的儿子。或许是自己吃了足够多的苦，六叔对儿子非常宠爱，从不使唤他做任何苦力活，自然也就没有养成儿子坚毅的品格和吃苦耐劳的能力。

作为一个争强好胜的人，六叔又觉得儿子必须要出人头地，起码要像他那样自食其力。在百般努力无效之后，他做出了一个石破天惊的决定——让儿子入伍。

堂弟非常排斥入伍，但在六叔看来，入伍是儿子成才的最后一个机会，也是他尽到父亲责任的最好办法。于是，几乎以半哄半骗的方式，他帮助儿子当了兵。此后六年，父子间的较劲再也没停止过。

在这六年里，六叔近乎魔怔地为儿子在部队的前途而努力着，而他身边围绕着的人敏感地嗅到了这个“商机”，借着帮他儿子在部队“运作”入党、提干的名义，花光了他十多万元的积蓄。

堂弟在北京当兵，几乎每隔半年，六叔都会被人哄骗来一次北京，一行人的吃住行、娱乐，他全包。辛苦半年挣的钱，一趟就全部糟蹋光了。这样的花费根本不起作用，家人劝他不要去，但六叔不听，执着地践行着他那“心诚则灵”夹杂“有钱能使鬼推磨”的复杂价值观。

六叔觉得这是对儿子的爱。但他不知道，这样的付出越多，他儿子的压力就越大，父子关系就变得越紧张，因此他也会越觉得委屈。有段时间六叔打来电话，说着说着就哭了——“他怎么就不知道我对他好？天下哪有不想让儿子好的父亲？”

这段父子之间的爱意修补，很快被暴力代替。堂弟数十次拒绝了六叔让他留在部队继续发展的决定，毅然退伍回家了。六叔报以强烈的反对态度，声称儿子要是敢回家，他就离家出走，要不就喝药自杀。

这样的威胁压根没有用。在一次六叔与六婶吵架要动手的时候，刚好被打开家门的堂弟撞见，堂弟去拉仗，一个不小心将他父亲推倒在地，而父亲则认为是儿子动手打了自己，引起了整个家族的轩然大波。

这次父子冲突以六叔的出走告终。他搬离了生活了二十多年的家，到几公里外一条公路边，租了间临时搭建的篷房居住。

六叔搬离后，六婶通过各种渠道给他传达信息，说只要他不喝酒、不骂人、不打人，与坑蒙拐骗他的社会上的人断交、不乱花钱，这个家就会永远向他敞开大门。但这样的“不”字太多了，六叔根本做不到。六叔压根想不明白自己错在哪里了，该怎么去改正，怎么去对待生活。

六叔与我

和六叔在一个屋檐下生活了四五年，我受他的影响太大了。我年轻时爱打架、爱喝酒，一些言语表达的影响更是如同刻进了骨头里。我不喜欢这样的自己。逃离故乡的一个很重要的原因就是逃离六叔，觉得离他越远，我的内心才能越安定。

有一次我跟他去农村收猪，回城的路上天黑了，我们停下三轮车到路边的瓜地里偷瓜吃。那晚月光皎洁、河水浩荡，嚼着还未完全熟透的瓜，我突然悲从心头起，对六叔说："我不想这样偷别人的瓜吃，不想一辈子当个杀猪的。"六叔怔怔地看着我，不知说什么才好。那是我第一次明确表达要远离故乡的意图。

我做一切与六叔截然相反的事。他杀猪，我写诗；他身上臭烘烘，我每天竭力用肥皂把身上的味道洗干净；他晚上和酒肉朋友大吃大喝，我穿上洁白的衬衣（对，一定得是白衬衣）去县城电影院晃荡；他脾气暴躁，我努力学习温柔；他大半生都停留在原地，我越走越远……

我想成为让他引以为荣的人。我无原则地纵容他，满足他孩子气的愿望，不断提供着满足他虚荣心的证据。他似乎不怎么关心我，我却像爱一个孩子那样爱他。

德国人伯特·海灵格提出过一个概念——"家庭系统排列"，其中一个说法是，家族中无论死去还是活着的长辈们，都会对孩子的灵魂有深远影响，比如，如果一个人的祖父曾在家族中有过很好的名望，或者出名的劣迹，那么他的形象与言行就会被传播开来，后代的某个子孙就很有可能被其影响，成为先辈的隔代传人。六叔不知道海灵格的理论，也不懂原生家庭，他只是凭借本能去付出与索取，希望得到回报与回应。

有段时间我对这个理论颇感兴趣，常思考，在我们的“家族系统排列”当中，六叔处在什么位置；他继承了哪位祖先的性格，而我又是怎样。这当然没有答案，但我发现了导致这个家族始终被冲突与矛盾所困扰的原因所在，即爱的断代。

爱在断代之后，就会带来爱的教育的断裂，需要后面几代人慢慢修补，在爱的表达上做痛苦而又漫长的努力。

六叔也在这样尝试。他对家里每一个人示好，谁家遇到事，他总是首先挺身而出。但这事交给他之后，却常因他没耐心、半途而废而七零八落。久而久之，家人很难信任他，没人再把他的话当回事。

每隔一段时间，我都会密集接到六叔的电话，扯东扯西，于是知道他又缺酒喝了。我把购物车里上次买过的酒再付一次账，第二天下午他就能收到。这样能换来他半个月或一个月不再打电话，很安静，像得到了糖果的孩子。

六叔的饭局

每年春节回乡，我都会参加一些六叔的饭局。六叔安排饭局很有意思，明明是他请人吃饭，打电话邀请人时却四处宣扬，说他大侄子回来了，想请大家吃饭。

六叔饭局上的座上宾组合很奇怪。他认识的人太杂了，什么人都有，包括那些坑过六叔的人都一如既往地出现在他的饭局上。有一个人曾鼓动六叔和他一起开一个小型化工厂，当年六叔用多年积攒的三十多万投入这个工厂，但厂房刚建好，设备还没安装齐备，就被下游担心污染的村民用炸药趁天黑给炸掉了。六叔花了三十多万，只听了一声炮响。

另一个和六叔一起开过沙场的人，声称可以办到所有合法证件，但结果沙场还是因为无证采沙被查处了。六叔莫名其妙成了负责人，被抓进看守所，替人老老实实顶了罪。出来之后，他们依然还可以谈笑风生地在一起喝酒。

酒桌上的六叔是个“传奇”，因为无论是他请客还是别人请客，最后埋单的人都是他。他不舍得给自己买件上百块的衣服，却能够在饭桌上给别人甩出一千块，让人拿去买衣服。因为这个豪爽的性格，他的朋友遍布全城，而每每他落难的时候，那些朋友全部消失得无影无踪。

头脑清醒的时候，他也表达过：这些狗屁朋友都是假的。但每当夜幕降临，又到了一天中推杯换盏的时刻，他就忍不住摇起微信呼朋唤友去喝酒。酒桌上的六叔开心又肆意，埋单者的角色为他换来一阵肉麻的阿谀奉承，在那一刻，他俨然忘记了生活的苦难，而成了一个成功人士。

也许，从进县城第一天开始，他就把此当成了人生的追求目标。他曾设想过家庭圆满、妻贤子孝、事业有成、朋友遍地，可只有“朋友遍地”貌似得到了实现，也只有这个虚幻的现实能给他一点存在感。

六叔今年不到五十岁，他依然每天疲惫不堪地活着，内心依然有强烈的盼望，不知道支撑他用如此激烈的态度活着的动力是什么。只有一点可以确认，他还没有倒下。

我想，有不少像六叔这样的人，在生活的泥潭里如此挣扎，但没人写下他们的故事。

在艰难的日子里哭出声来

四哥说，到了父亲出殡那天，大埠子又下起了大雪。大雪又一次把整个村庄覆盖，仿佛一切纯洁如初。

我从上海一家影院里跑出来找到网约车，冒雨赶往酒店，心中带着一点焦虑和犹疑。下车后快步进入酒店大堂，约我在这里见面的四哥已经等了一个小时。他几乎用“一把抓住”的方式握住了我的手，尽管我们已经有近三十年没见面。

神秘的四哥

自打有了微信之后，时不时地就会收到注册属地为“山东临沂”的好友申请，那个地名是我的家乡。我出生的大埠子村是临沂最南端的一个村子，步行再往南大约四五公里，就是江苏的地界。

四哥大约两年前加我为好友。此前他给我打过两三通电话，主要的内容就是介绍他是谁，他与我的童年往事。他热情地说起他与三叔喝酒的时候常常谈起我，我也很热情地响应着，内心却疑惑："这是从哪里跑来的四哥？"

四哥也姓韩，但与我没有血缘关系。我自打成年之后，脑袋里装的东西太多，把许多童年记忆都覆盖了，忘了很多事，忘了很多人，自然也不太记得同村的四哥。但在他一把抓住我的肩膀和手的时候，一股熟悉又亲切的气息扑面而来——那是属于大埠子的味道。

通往大埠子的道路有两条：一条是沿河修建的河堰路，估计有几百年历史，坑坑洼洼，像是炸弹炸出来的，多年来只有拖拉机才能开过去；另一条是与河堰路构成三角形状的水泥路，又窄又烂，个别路段被大货车碾轧得惨不忍睹。

或是交通极度不便的原因，外界的信息很难传递进去，整个村庄仿佛是孤立于世的存在，因此大埠子在我心中是个"黑暗村庄"，多少年来一直没有变过。想起这个村庄的名字，就会想到漆黑的雨夜、雨后粪便四处流淌的"中央大道"、村外连成片的坟茔、时不时有野猫出入的巷道……

读梁鸿的《中国在梁庄》《出梁庄记》，找到了一些大埠子的影子。往日那些熟悉的人的面孔，恍恍惚惚在脑海里浮现。但大埠子是大埠子，它有一些梁庄所没有的东西。在这个无比偏远的小村庄内部，有着许多无法用文化或者传统来形容的事物，它更隐秘、幽冷，令人不敢触碰。

四哥带来了大埠子的故事，也复活了那个在我心中逐渐远去的村庄。

死亡的阴影

死亡从未在大埠子缺席。这个鼎盛时期有着两千多人的村庄，时不时会有离奇的死亡事件发生，这无不考验着村里孩子们脆弱的胆量。

比如，有一个老头天不亮背着粪筐出门捡牛粪。一坨一坨的牛粪有规律地在前面引导着老头去捡，老头很兴奋，于是加快节奏把牛粪铲到筐里，直到一脚踏进一个积粪池，像踏进了沼泽地一样，一点一点地被淹没——村民们说他遇到鬼了。

遇鬼的传说隔三岔五地发生，小小的一个村子，也不知道哪儿这么多鬼。

四哥没遇到鬼，却在鬼门关走了一遭。

他比我大四五岁，上小学的时候，正是饥荒年代的尾声，家里米缸空无一物。有一天四哥放学回来，发现家里堂屋门紧锁，大人在湖里（耕地里）干农活，被饥饿折磨得百爪挠心的他，搬起半边门硬生生挤开一条缝钻了进去。

家里任何角落都找不到现成可吃的东西，但这难不倒四哥。他眼睛一亮，发现了母亲腌制的一盆咸菜疙瘩，一个个吃了下去，直到吃得整个胃几乎要被涨破。

咸菜含有亚硝酸盐，这是常识，但很少有人相信，咸菜吃多了会要人命。四哥那时年纪小，大半盆咸菜下肚，亚硝酸盐开始霸占他的五脏六腑，直到天黑大人们回家，才发现四哥昏倒在地上，人事不省。

据四哥描述，昏迷期间，他仅剩下微弱的呼吸，心脏的跳动也几近消失。村里的赤脚医生，把能用的办法都用了，没有任何效果。等待着四哥的命运，是被抛弃。

上世纪七八十年代的农村，经常有这样的例子，得了疾病，中了毒，根本来不及送到三四十公里外的县城。哪怕能送去，也付不起医疗费。更多的时候，是听天由命。

四哥的父亲在赤脚医生放弃后，又找来邻村一个名叫张道中的中医。此人远近闻名，尤其擅长针灸。四哥的身上被密密地扎了一层银针。一周过去了，没有反应，十天过去了，还是没有苏醒的迹象。那位有名的中医也没有办法，不再上门。

四哥的父亲不忍心儿子就这么断了气，在没有一个人支持他继续救治的情况下，他每天用棉絮蘸水给四哥擦洗身体。他认为，这样可以让那些“咸菜”慢慢流失掉。甚至病急乱投医，空闲的时间，他就跪在床边祷告……第十五天，四哥有了一次明显的心脏跳动；第十六天，四哥活了过来。

四哥说，父亲给了他两次生命。因为这件事，他成了父亲最疼爱的孩子。不过，这段特别的父子情感，也在日后埋下了巨大的痛苦。

在艰难的日子里哭出声来

也许是因为咸菜中毒事件，四哥的智力受到了一定程度的影响，在青少年时代，脑瓜一直不太好用。但从鬼门关夺回一条命的四哥，也就此知道了命运的沉重，开始学着强力扭转自己的人生。那个时代，改变命运的最好方式就是考上大学；但对于一个家贫如洗的孩子而言，大学是一个多么遥远的地方。

和许多农村孩子一样，四哥的大学是用自己辛苦的血汗、牛马一样的付出，甚至一次次苦苦的哀求换来的。他第一年就上榜了，分数足够读当地唯一的大学，却因为交不起学费，白白浪费了那纸录取通知书。四哥开始了打工生涯，流浪到河南焦作，他想攒一些学费复读，准备第二次高考。

1992 年夏天，四哥的弟弟和两名同学一共三人，决定从临沂扒火车去看望在河南焦作打工的四哥。车过兖州的时候，被联防队员抓了起来。那时正值打击“盲流”的巅峰期。

弟弟三人被抓后，没有立刻被送往收容站。联防队员命令他们脱掉上衣在院子里罚站，如果能坚持四个小时，就放他们走。在阳光下暴晒四个小时，很容易丢掉性命，弟弟问，能不能换一种办法。联防队员取来一桶五公升装的水，说如果他们中的一个人，能一口气把这桶水喝下去，就可以走。

弟弟选择自己来尝试这个新惩罚。喝水之前，他哭着哀求，喝水的时候，千万不要打他的肚子，那么多水喝下去，一拳下去肚皮很有可能爆炸。联防队员默许了。弟弟艰难地喝完了那桶水，这场惩罚也就此过去了。

到达焦作后弟弟与四哥碰面，讲述了这件事，几个人抱头大哭。四哥说，他当时怎么也想不明白，世道怎么会这样难走，活着怎么会如此不堪。

四哥和弟弟几人决定回乡，又一起扒火车踏上回程，巧的是，在兖州再次被抓住了。联防队员还认得弟弟，任凭四哥怎么说自己是准备考大学的学生，怎么哭诉农家子弟出门多么不容易，仍然换不来联防队员的同情心。最终在暴晒和喝水这两种惩罚之间，四哥挺身而出，喝完了那桶水，忍着胃部的剧痛上路。

回到大埠子见到亲人，叙说这一来一回的遭遇，所有人又一次抱在一起大哭。

成为老板的四哥

我在上海见到的四哥，已经是一位老板。他在重庆开了一家公司，已有数年，专事汽车配件经营，身家不菲。

这次四哥是来上海谈业务，偶然知道我也在上海，就改了行程，要见我，和我讲他的故事。“我愿意跟你讲这些事情，跟别人我不愿讲。”四哥说。

成为老板的四哥讲了一些行业黑幕，以及他如何从一无所有杀将出来的代价，陪人打牌，陪人喝酒，陪人唱KTV……

不到五十岁的四哥说，他最大的愿望，就是再挣一点钱，带嫂子环游世界。他说嫂子年轻时是个文学女青年，最大的愿望就是“世界那么大，她想去看看”。

嫂子比四哥年轻差不多十岁。恋爱的时候，四哥擅自改了自己的年龄，少说了七八岁，等嫂子发现时为时已晚。

但四哥说，能骗一时骗不了一世，如果嫂子想离婚，他愿意净身出户，把所有资产都留给她。嫂子拒绝了他的建议，理由是，他小时候吃咸菜中过毒，脑瓜有毛病，她担心她走了之后，四哥承受不住。不知道这算不算甜言蜜语。

成为老板的四哥，身材高大，声音洪亮，走在街上和别的老板没太大差别，但少有人知道他这代农村孩子经历的苦难。

悲剧不会轻易从一个人身上撤退

乡村是一个温暖的鸟巢，炊烟是乡村最日常的浪漫，漫漫回家路是游子最向往的旅程……这些不过是对乡村一厢情愿的美化与想象。对许多人来说，乡村是一枚烧红了的烙铁，在一具具鲜活的生命上，盖下深深的烙印。无论过了多久，这个烙印依然会隐隐作痛，哪怕后来进入城市，拥有了所谓的风光生活，这些人身上的悲剧烙印，也不会轻易撤退、轻易愈合。

四哥一生最大的悲痛，不是吃咸菜差点被毒死，不是考大学交不起学费，也不是在烈阳下喝掉五公升水，而是父亲的去世。

在四哥的母亲去世之后，父亲的生活一下子就空了。他独自生活在村子边缘的一个小院里，陪伴他的是一只画眉鸟和一条狗。两年前，画眉飞走了，只剩下狗。

父亲去世那天，大埠子村下了一场可以覆盖一切的大雪。有人发现他居住的小院着了火，人们去救时，已经无法靠近。等到火熄灭了，人们发现四哥的父亲倒在煤球炉上，只剩一副骨架，还保持着坐姿。

在前一天，父亲去大哥家要钱，没要多，要一百，这是每个儿子应付的抚养费。大嫂没给这笔钱，说家里太穷，拿不出来。

父亲转身去了二哥家。二嫂没说不给，而是说，就算贷款也得给这一百块钱，可是总得把款先贷出来吧？

父亲走了，没有再去三哥家。据村里人分析，父亲回屋后开始喝闷酒，喝多了不慎倒在煤球炉上。也有人说，父亲是故意倒在煤球炉上，因为母亲曾说过，希望去世后能不火化，保留一个全尸葬在一起。父亲觉得，这样就可以不用去火葬场了，既保留了全尸，又为儿子们省一笔火化费。

父亲只是不想活了

父亲根本不缺钱，四哥每月都会从重庆汇来足够多的生活费，逢年过节也都会寄钱、寄东西。但父亲觉得，自己有五个儿子，不能只让老四拿钱。被两个儿媳妇拒绝支付生活费之后，父亲的心凉了。他也终于给自己的不想活找到了一个合适的借口，自行决定消失于这个世界。

在父亲于大埠子村去世当夜，四哥在重庆的家里体如筛糠，汗出如浆，如洗澡一般。他以为自己感冒了，便躲进被窝里，以为睡一觉就会好。后来才意识到，父亲曾把自己佩戴了几十年的一块玉送给他，那块还浸着父亲体温的玉，让父子之间有了一种超越空间的联系。父亲用这样的方式，对他最疼爱的孩子宣布了自己将告别这个世界的消息。

第二天，四哥在开会时接到了来自老家的电话。放下电话，他坚持开完了整个会，但一个字也没听进去。

他没有在第一时间回大埠子，而是处理完了公司的大小事务，在第三天才往家赶。他没及时回，是因为他恐惧。回，是因为自己知道终究无法逃避要面对的一切。但是，他也因此成为家族的罪人。

一个从小承受了太多苦难的孩子在成年后是不会哭的，因为眼泪已枯竭。

四哥有深深的、说不出来的恨与懊悔。但也相信，万事有命，命运不可阻挡。

四哥说了两件事，让我觉得震撼，甚至以为是假的、根本不可能发生的事。

第一件，是那只飞走两年的画眉鸟，在父亲去世的当天飞了回来。有人要赶它走，四哥说，别赶它，它是给父亲守灵的。果然，画眉在父亲棺前盘旋了三个晚上，到父亲出殡那天，飞走了。

第二件，是父亲养的那条狗，在出殡那天，只要看到戴孝的人就摇尾作揖，看见没戴孝的人就狂吠不已。以后每当四哥回乡给父亲上坟时，小狗见到四哥，第一个动作就是作揖。怕我不信，四哥翻出手机里的一张照片，那只看上去很平常的土狗，真的立起后腿，用两只前腿给四哥作揖。

我相信，哪怕二十一世纪的第二个十年都快结束了，在大埠子这个遥远的村庄内部，仍然有一些不可解释的事物在运行。

四哥说，到了父亲出殡那天，大埠子又下起了大雪。大雪又一次把整个村庄覆盖，仿佛一切纯洁如初。

四哥花了一个晚上和一个上午的时间，给我讲完了这些，他如释重负。告别之后，他消失在上海街头，留下一个让我惆怅许久的背影。

我想起刘震云在《一句顶一万句》里写到的人物，他们不远百里、千里，去寻找那些被他们视为知己的人，不为别的，只为说上几句话。

四哥对我讲完了他的故事，而我把它写了出来，我们都得到了内心的平静。

坐绿皮火车去参加三弟的婚礼

这里面的人，有的年龄已大，随时会离开我们。每年也有新的成员加入，那些天真懵懂的面孔，在延续着这个家族的血脉。婚礼就是这样，仿佛在进行着新旧交替的仪式。看到家庭照片里年轻的或年幼的孩子，心里会欣慰。看到老人，会心酸。

差不多是十五年前了，我回老家去参加三弟的婚礼。

那时候还只有绿皮火车可以坐，要坐十一个小时的火车，才能到县城。到了老家，我没有回家，而是直接就去了百货大楼，去给三弟买了一台 DVD。上一年春节和三弟一起喝酒的时候说过，等他结婚了，会送他一台四十二寸的彩电的。可这一年，我在外面混得也不好，不能兑现承诺了，只好买台 DVD。并且，三弟的后面，还有四弟、五弟、六弟……二妹、三妹、四妹，这个头开了，以后我的日子就苦了。

三弟是我三叔唯一的儿子。我的家族是一个大家族，我的父亲是大哥，到了我这辈，我是大哥。所以，弟弟妹妹的婚礼，送什么礼物，给多大的红包，都不是最重要的，重要的是，无论我走得多远，在他们结婚的那一天，都必须要回去。

他们都盼着，他们的大哥，能回去帮忙操持一些事情，他们却不理解，我已经离开家乡近十年，绝大多数朋友、关系，都生疏了，除了没用地坐在席上，等着弟弟和弟媳、妹妹或妹夫，端上来一杯酒，自己再惭愧地喝掉，我几乎不能为他们做什么。

在百货大楼拿了 DVD 机子，朋友开了一辆夏利车在门口等我。快过年了，县城的街道上人很多，车行驶到最繁华的地带时，抛锚了。发动机罩前冒着青烟，借了过路司机的灭火器，七手八脚地给车灭了火，我和朋友每人点燃了一支烟，蹲在马路边抽了起来。回家的感觉这时候才弥漫上心头，那种惆怅，有些疼痛，想大声地喊几嗓子，可不管心头怎么发闷，都喊不出声音来。

拿出手机给三弟打电话："三弟，我回来了。"三弟在那边叫了一声"大哥"，声音还像小时候那样，嬉皮笑脸的样子。电话那头，很嘈杂，我听不清楚他在说什么，于是告诉他，我已经到县城了，可今天赶不过去了，要明天才能去他家。

三弟的家在离县城三十多公里的一个村子里，那里交通很不方便。三弟告诉我，明早吧，明天新娘子要到县城的美容院里化妆，我可以搭那辆婚车过来。

第二天清早，天刚蒙蒙亮，我从朋友家起床，到了城郊的一个美容院。冷清的美容院门口，停着一辆帕萨特轿车，几个小姑娘，正手忙脚乱地往车上捆花篮和贴彩色纸条。三弟从美容院里走出来，穿着黄色大衣，这件大衣，还是以前我留给他的，没想到，他一直穿着。

看见我，他笑嘻嘻地走过来，捶了我一下，叫了一声“大哥”，然后狠狠地抱了一下我的肩膀。他的个头比我要高半个头，可脸还是一个青涩小伙子模样，也是，他才不过二十三岁，本来就是一个小孩子。我也是二十三岁的时候结的婚，我知道，那个年纪，根本就是个什么也不懂的年纪。

三弟的婚车装扮好了，我没和他一起坐车回去，而是要他留下他的摩托车。他坚持不过我，把车钥匙给了我，又脱下大衣，给我反穿在身上。从县城到乡村的大路，空空荡荡，有时候，十几分钟都看不到一个人。天还是太早了。

我骑着摩托车，在路上飞驰着，冷风像刀子一样，顺着裤管和袖口钻了进来，除了心口有一些暖，其他地方，都是冷的。三弟的摩托车，马力很大，如果加足油门，它快到像可以飞起来一样。如果我一直在老家，也会有一辆这样的摩托车。我会像贾樟柯电影里的小武、小山、彬彬那样，苦闷地被囚禁在这呼吸不过气来的地方，浑浑噩噩地活着。可现在我不在这里，不也一样浑浑噩噩地活着吗？

快到三弟的村子时，收到了六叔的一个短信，他说他的鞋子坏掉了，让我帮他买一双鞋子来。六叔曾是我们这个家族的骄傲，他把他的杀猪生意做到了上海和武汉去，在几乎就要成为一个土财主的时候，却突发奇想倾家荡产和别人合开了一家焦炭厂，不久因为污染下游村庄的环境，在某天下午，厂子被人用炸药夷为平地。

从那之后他就一蹶不振，每天靠酒精麻醉自己。我掉转摩托车，回到了刚才经过的一个乡政府驻地，敲开了一个销售鞋子的商店的门，那里卖的都是假冒伪劣的皮鞋，最贵的不过七十块钱一双。

三弟的家在村子口，很好找。这个村子，我每年都会来一次，到祖坟上去上坟。以前是三叔陪我去，三叔老了，就是三弟陪我去。每次去的时候，都是天黑，三弟在前面用手电筒照着亮，我在后面跟着。

六叔正和一群人蹲在院子的平房顶上，他第一个发现了我，兴高采烈地问我："买鞋子了吗？鞋子买了吗？"我把鞋盒子扔上了平房顶，在别人的一片哄笑声中，他乐滋滋地穿上了新鞋子，转身将旧鞋子扔得远远的。

三弟的家没有什么变化，还是大白铁做的铁门，有一个大的院子，四间房子大而空，房间里显得很冷。那些贴在门上的大红对子，以及院子中央冒着浓烟的炭火盆，让这个家多了一些喜气。我也是在这个村子出生的，村子里的每一张脸看上去都非常熟悉亲切，只是叫不上来名字或称谓，他们却大多还记得我，说我没什么变化。不知为什么，每次回自己的出生地，内心都百感交集，也有点不自在，总想一个人走走。想去上小学的地方看看，去小时候游泳的河边看看，但最终都没有去成。

三婶在偏房里，包着水饺，她是在给我准备去上坟用的物品。几乎每次回家，她好像都在重复做着这一件事情。她每次对我的到来，都是不惊不喜的样子。甚至不抬头看我一眼，只是叫一声我的名字，停顿一下，说一句“你来了啊”。我也通常只是喊她一声“三婶”，再也不说话。

她继续忙着手头的事情，断断续续地说着话，她说：“你回来了，三婶有些话，还是要对你说，谁让你是，班班（三弟的乳名）的大哥呢。当年你爷爷全家迁去了县城，只留下你三叔在这里，孤门独户，你能忍心你弟在这里被别人欺负吗……你爷爷现在住的房子，等他百年之后……现在你说话算数，你给做个主吧……”

我能说什么呢，我什么也说不出口，我不能告诉三婶，我已经脱离了这个家，这个让我牵挂又让我烦心，让我想回来看看但真回来了又不想多待一天的家。家里的事情我已经插不上半句话，整个家族中有十几个小家庭，几十口子人，我说什么都没用，也什么都不能说。我只能远远看着，看得撕心裂肺，看得疼痛入骨。

有时候我恨自己，没有足够的能力，让我的家人都过得幸福一些。可我做什么，我能怎么做，我有了自己的家，我变得自私，我做不到像我四叔说的那样，“为了整个大家庭的幸福，我宁可去死”。可四叔的心，也渐渐地荒凉了，当他看到，这个大家族，每次聚到一起，不是争吵就是打骂的时候，他也一样，选择了退却。

三弟的婚礼开始了。大过节的，村里没多少人过来参加，院子里，只有十几个脸色稚嫩的年轻人在起哄。好在鞭炮的声音震耳欲聋，把冬天的冷清消融掉了不少。

房顶的音箱里，播放着刀郎的流行歌曲——《冲动的惩罚》，嘶哑的歌声，在乡村的天空下，显得分外寂寥。我在院子门口的土墩上，抽着烟和村里的长辈聊着天。穿着西装的三弟，胸口戴着一朵鲜花，他蹲在我的面前，跟我要了一支烟，顺手把胸口的红花摘掉，扔到了不远处的粪堆里。三弟有些懊恼，说，这是什么事啊，一辈子结这一次婚，一点也不热闹……我不知道怎么劝慰他，只是伸手胡噜了一把他的头发，帮他打掉了那些落在头上的麦麸。

热闹很快就到了。不出所料的，几个叔叔喝多了酒，在房间里吵了起来。三叔和五叔关系好，和六叔不合。后来六叔和五叔的关系好，又和三叔不合。再后来三叔和六叔的关系好，和五叔又闹将起来。四叔是个老好人，兄弟吵架的时候，他只会铁青着脸在一边生气。二叔性格懦弱，平时不言不语，喝了酒会哭，会拿着长条板凳追打那些吵架的叔。吵得一塌糊涂的时候，他们会一起哭他们的大哥。他们的大哥是我的父亲，我的父亲在一九八〇年的时候就去世了，留下了一帮没人管的弟弟和妹妹。

男人们在房间里闹的时候，女人们会在另一个房间里哭。每年的喜事，到最后都免不了有人哭哭啼啼一场。早些时候，我为这个发过火，我结婚的时候，提前告诉了长辈和兄弟们，只许笑，不许闹事，不许哭。可是，现在，我已经没有了这样的脾气。我也做不到，挨个地去劝慰他们，我只有逃开，逃得越远越好。我的心里没有悲哀，什么也没有……

下午的时候，有人到各个屋子里喊人，说要出来照相，说，如果再不照的话，天就黑了。于是，三弟和三弟妹站到了爷爷奶奶的背后，其他凑起了二三十个人，分成四五排站在一起。我也用手机拍了一张，想看的时候就打开看看，又不敢看太长时间。

这里面的人，有的年龄已大，随时会离开我们。每年也有新的成员加入，那些天真懵懂的面孔，在延续着这个家族的血脉。婚礼就是这样，仿佛在进行着新旧交替的仪式。看到家庭照片里年轻的或年幼的孩子，心里会欣慰。

看到老人，会心酸。

三弟婚礼的当天，我就要走了，回去的火车票，买的就是这天。高高兴兴地来，沮丧地带着一肚子鸡毛蒜皮的事情走，每次回来参加婚礼，都是这样。

大家庭里的那些矛盾，永远纠缠不清，让人难过，最难过的还是家里的老人。每次我走的时候，奶奶都会哭，怪我留在家里的时间太短，不能跟她多说一些话。她了解我在外面的身不由己，所以，即使我一直不回家，她还一直维护我的名声。

其实，每次赶回老家参加婚礼，我又何尝不是想维护和叔叔、弟弟们的关系，亲人毕竟是亲人，打断了骨头也会连着筋。

我们缓缓前行，他知道无需急促

“我们缓缓前行，他知道无需急促 / 我也抛开劳作 / 和闲暇，以回报 / 他的礼貌”。

童年的时候，我是对死亡抱有好奇心的。

父亲去世的时候，我还小，对死亡完全没有概念，只略微知道，这个人，可能以后永远见不到了。

我母亲悲痛欲绝。整个大家庭里的人，都聚拢在院子里哭送父亲。唯有我，和别的小孩子一样，呆立在一旁，内心塌陷，不知所措，希望有人过来抱抱肩膀，安慰我一下，告诉我这个事情的前因后果。

但是没有人这么做。我长大之后，莫名其妙的，心头总有一种罪恶感，觉得父亲的死和自己有关。再深一点去思考，其实是为自己当时没有能力去阻止这件事情发生而感到愧疚。

父亲去世的时候是二十九岁。在我二十九岁之后，有很长一段时间，觉得以后每多活一天，都是额外的、多余的，是被命运所赠送的。产生这种想法，是因为内心一定是有些什么，陪伴父亲一起死去了。

或是过早地面对过生死离别的场景，我对死亡并没有恐惧，当然，也有可能是童年的心灵出于一种自我保护，采取麻木的方式阻挡了恐惧。死亡是什么？我对它保有一定的好奇心。

死亡是眼泪，死亡是冰冷，死亡是黑暗，死亡是伸出手去只能握到一片虚空？……是，好像又不是。

少年时我常穿过乡村的一大片坟地，那里草木深邃，安静肃穆。通过那里的时候，会觉得死亡是一个永恒的居所，是争吵与喧闹的结束，是一种恒定与永久。有夕阳照射的时候，死亡甚至会有一丝暖意。

我经历的第二个亲人的离世，是我的爷爷。如同所有身在异乡的人那样，害怕接到老家打来的电话。因为那个电话，往往意味着会带来一个自己不愿意接受的消息。

七年前，这个电话还是打了过来。那是个清晨，我被家里的固定电话吵醒，打开手机一看，有十几个未接来电，有好几个未读短信。在拿起固话听筒的那一瞬间，内心已经明白，将要听到的，是一个黑色消息。

乘坐回乡的火车，穿过城市与田野，车轮与铁轨撞击的声音，还有火车尖锐的鸣笛，仿佛都在提醒着即将到来的一次告别。那个时刻很难熬，心像是煮在油锅里。

见到了爷爷最后一面，这是我第一次如此真切地看到亲人的过世。死亡是真的可以看到的，它降临的速度是缓慢但又不可抗拒的，如阴云压顶，如蚁阵行军。

可以看到死亡的气息在空中以某种形状在移动，在等待最后时刻，它以俯冲的态势夺走一个人对这个世界最后的留恋。在一声叹息之后，剩下的就是永久的安宁。

人到中年，死亡就成为一个你不想参加却又不得不参加的仪式。

三年前，二婶去世了。她在街上不小心被三轮车撞了一下，受到了一点惊吓，回到家后到淋浴房去洗澡，可能是水温有点高，导致了晕厥，在无人帮助的状况下，离开了人世。这是谁也想不到的事情。

亲人去世，最痛苦的是孩子。我回家奔丧，二弟看到我进门，抱着我就哭："大哥，我以后就没有妈了……"继而，我们两个人泪流不止。眼泪有对逝去亲人的怀念，但更多的还是对活着的孩子们的疼惜。

小时候二婶对我很好，经常把我叫到她家里吃饭。每次我回老家，她看见我就很开心，还像我小时候那样喊我的小名。在她去世前的那个春节，我带二婶去县城街上，给她买了一件羽绒服，她特别开心。那是我第一次给她买衣服，没想到也是最后一次。

于是也明白了，对一个人好，要在她（他）活着的时候，多关心她（他），一旦阴阳相隔，就再没有机会。

继二婶之后，四叔也走了。同样痛苦的心理历程，又走了一遍。《他是世间一枚笨拙的陀螺》就是为纪念他而写的。

四叔为了他的那个家庭，为了儿女能生活得好一些，像一枚陀螺那样不停地转、不知疲惫地转，直到自己转不动了为止。

写下这么多，其实如何理解死亡、如何诠释死亡都不重要了。那么多的诗人、作家，都曾描述过死亡。但每个人对死亡的认知与感受，不会是一样的。有的人很害怕，有的人很淡然，有的人逃避谈论这个话题，也有的人选择直面。

死亡是即将到来的日子。时间不过是一把尺子，可以丈量与死亡之间的距离。

埃米莉·迪金森写过一首著名的诗歌——《因为我不能停步等候死神》，描述了她与死亡之间的距离，按照诗歌里的描述，“我”与死亡是在一驾马车上同车乘坐，她用轻松甚至有点儿戏谑的风格，来讲述她对死亡的态度。

“我们缓缓前行，他知道无需急促 / 我也抛开劳作 / 和闲暇，以回报 / 他的礼貌”。我在这首诗里，读到了过世的亲人，也读到了自己。

我已与故乡握手言和

给 ×× 的信，兼致故乡

故乡在变，离开故乡的人也在变，这两种变化交织在一起，就会构成一个巨大的、让人茫然的空间，那个固定的序列，也会遭到强烈的冲击，这个时候，想躲避疼，是不可能的。“故乡有时候像母亲推开儿子一样，会逼着你远行，让你带着疼想她。”

××：

1

从郯城老家回来的第二天，就坐在了书房里，开始给你写这封信。一边写，一边喝着热水——那天爬马陵山的时候风太大，而我又盲目自信地只穿了一件薄衬衣。

不过挺感谢那几天的风，把老家的天都吹蓝了，使她得以将最美的一面展现在了朋友们的面前。

和以往不一样，这趟“故乡行”除了我之外还有五个人，他们是我在北京结识的朋友，有的认识近二十年，时间最短的也有十年以上。带我于北京认识的最好的朋友，来见我在老家最好的朋友，这是件奇妙的事情。

说真的，我有些忐忑，总担心自己的家乡不够美、不够好，没法给初次来的朋友留下深刻印象；但这种忐忑从一下飞机踏上故土之后，就彻底消失了。对于亲近的朋友来说，美与好，都是宽泛的，当你带着一定的情感浓度，去观察一片土地、一个乡村、一个城市，以及一个个人的时候，美与好的基调基本就奠定了。

算下来，离开老家成为一名“北漂”已经十八年了。当初走的时候，还是一个在送行酒后趴在地上哭得死去活来的小年轻，现在已经是一个一半以上头发都变白的中年人。

而我的身份，也从一个家乡的“出走者”“背叛者”，变成了一个“回归者”。作为一个“不停寻找故乡的人”，这些年我一直在做无谓的努力，无论是精神的故乡，还是肉体的故乡，都没有安身立命之地。“麦兜”的故事里，幼儿园的园长爷爷说一口地道的山东话，他有一句口头禅，“回——老——家”，语速像《疯狂动物城》中的树懒一样慢。

故乡，真的是一个人最后的避难所吗？

2

故乡是旧的。不知道你是否认同这个说法。

帕慕克所写的《伊斯坦布尔》中，他的故乡是旧的。在这本书里，帕慕克把伊斯坦布尔变成了他一个人的城市，他在通过文字吟唱一个消失的故乡，如此便了解了，为何整本书中都弥漫着他所说的“呼愁”。

阿摩司·奥兹所写的《爱与黑暗的故事》，他笔下的耶路撒冷也是旧的，不但旧，而且散发着寒意。但正是这么一个城市，调动了他所有的温情，他试图以自己的体温，来让这个城市在记忆里变成暖色调。这么一位优秀的作家，也不愿直白地说出内心的隐伤，他铺洒文字来还原故乡的人、景物与记忆，来掩饰母亲去世带给他的伤痛。比如花费数页来描写一个男孩从树上摔下来的情形，如此普通的一个细节，也被他写得如此令人着迷。

中国的作家也喜欢写故乡，老一辈如沈从文写凤凰，老舍写北京，鲁迅写绍兴……当代作家如莫言写高密，贾平凹写商洛，刘震云写延津……

故乡主题在文学中正在消失。“70后”作家写故乡就少了，即便写，也多是评论体，带着批判与审视；“80后”

们爱写“诗与远方”；“90后”则把重点转移到玄幻、穿越、架空写作中去，他们的故乡在互联网上；“00后”以及“10后”的孩子们，他们也许会好奇地问：“什么叫故乡？”

让我来描绘故乡的话，脑海里会出现这样的场景：电影院门前还是最热闹的地方，街道地面上落着人们嚼甘蔗吐下的渣；老县医院斜对面的那几间平房，除了换过几片新瓦，看不出其他翻新的痕迹；路过护城河桥的时候，仿佛还能看到爷爷在那里摆书摊；往北看，一中放了学的学生骑着自行车潮水一样涌了过来，男生变着花样在女生面前炫耀车技，车铃铛声响彻整个街面；公园门前人迹罕见，只有一个卖糖葫芦的人莫名其妙地守在那里……

可是这次看到的老家，却是一个新的。公园成了一个新的公园，那尊被放在老汽车站的郯子塑像，在新公园这个“家”里，显得气派了许多。公园里的那截老城墙没了，记得刚工作时，我和老蒋、小马，以及我们三个人的女朋友，就曾爬上过这段老城墙，或倚或靠或站，散漫地聊着天，说着关于未来的事情，但显然那时并不明确未来是什么样子。

这次没有见到老蒋。你可记得二十年前我们参加他婚礼的情形？时间比现在这个节点还要晚一些，都是五月份了，突然下起了冷雨，从他婚礼现场离开回县城的时候，承载了几个人的三轮车开始掉链子，每开几百米就要停下来，我们用手把布满油污的链条重新装上，当司机太冷了，我们便轮流去开车。为了保暖，头上罩着一个超市的购物袋，在袋子上掏了两个洞，以便能看清前面的路，每次交接这个很特殊的“头盔”的时候，便忍不住哈哈大笑。这些年轻时候的记忆，固执地霸占在我的脑海，不管后来装进多少东西，都没法把它覆盖。

新村的银杏古梅园也变成了新的。我们这次去的时候，园内园外都在装修。上一次来这里，差不多是二十多年前了。我带刚认识不久的女朋友，来这里拜佛。进到园子里的时候，把刚买来的一兜大约四五斤的苹果放在了一棵大树下，打算拜完佛回来取。你知道吧？那是我此生第一次，也是唯一一次在一尊佛像面前长久地跪拜……结果如你所想，再回来时，那棵树下已经空空如也。心里仿佛丢了一小块东西，但不是为了那兜苹果心疼。

重修中的古梅园，一样没法掩饰她的美。那棵两千多年的“老神树”依然是一副生命力极其旺盛的样子，每一片叶子都绿油油的，风吹过来，距离它一米左右的样子便停了，没有树叶彼此交谈造成的喧哗——因为寂静，让人心安。我们六个朋友，手拉手刚好环抱“老神树”躯干一周，据说这样的“仪式”，能让人升官发财——那就让“老神树”保佑我们发财吧。

园内的广福寺，寺门关闭着，不像是有僧人的样子，打算离开的时候，厚重的院门居然被风吹开了一条缝，同行的朋友发现了，说“既然向咱们发出了邀请，就一块进去看看吧”。推开门后的景象，让我们有些吃惊，造型奇特的古树刚刚发出新芽，在蔚蓝的天空下，摆出了一个廊道的造型，这些树让人相信，它们就是一千年前栽下的。树也是有情感的，它们在一片新建的寺庙建筑中间，营造出了一种让人震撼的古意。这种古意中，带着威严，有些清冷，让人敬畏，也让人留恋。

3

对于老家，在很长一段时间里我有着复杂的情感。古人说“近乡情更怯”，这种情怯的感觉我体会了十多年。你不曾远离故土这么久，也许没有更深的体会。

之所以现在不再有情怯的感觉，是因为经过漫长的、痛苦的撕扯，我总算明白了自己与老家的真实关系，也寻找到了那些曾让我不安的源头，一切都是因为一个“故”字。

因为太眷恋“故”这个字，所以一直觉得，那些古老的、不变的事物，才是熟悉的、亲近的、安全的。每每回到老家，就会一头扎进那个由“故”组成的小圆圈里，体会着幸福，也体会着疼。

在故乡，有一个序列，在这个序列当中，有一个属于你的位置。不管你走多远，这个位置都会为你保留，只要回来，你就要填补进来，成为这个序列运转的一部分，发挥你的作用，承接你的责任。

可是，你知道的，这个时代变化迅速。故乡在变，离开故乡的人也在变，这两种变化交织在一起，就会构成一个巨大的、让人茫然的空间，那个固定的序列，也会遭到强烈的冲击，这个时候，想躲避疼，是不可能的。“故乡有时候像母亲推开儿子一样，会逼着你远行，让你带着疼想她。”

这么多年，每每回乡，总会感受到身份困惑。

比如这次回来，大家一起吃饭，到了敬酒的环节，我就不知道该先以本地人的身份敬我带来的外地朋友，还是以“归乡客”的身份敬热情招待我们的朋友……外地朋友和本地朋友进行了短暂而热烈的讨论，那我就“先干为敬”吧。

必须要有新的办法，来重建与故乡的关系，找到自己的身份。这个办法我找到了，就是用最大的热情，来拥抱一个崭新的故乡，无视一切评价体系，像到任何一个自己喜欢的旅游目的地那样，充满好奇与喜悦地打量故乡。

一个新的城市，正在从老城脱胎出来。新的城市里，有沿河兴建的湿地公园，有跑道，有游乐场、书店、咖啡馆、闪着霓虹的商店……当你站在局部的角度去看的时候，会错觉这里是生活过的大城市。

我要承认，产生回乡度过余生的念头，真的是因为看到这些新的环境的产生。家乡新城的诞生，似乎为故乡人与漂泊者这两个身份，提供了一个黏合的机会。

导演贾樟柯二〇一七年的时候决心逃离北京，回归故乡。他在位于山西汾阳的贾家庄，开了一家电影院，开了一家名为“山河故人”的饭馆。他喜欢这种生活：三五杯酒后，朋友们呼唤他的小名“赖赖”，告诉他应该要个孩子，他们为他的老年生活担忧。贾樟柯说：“只有在老友前，我才可以也是一个弱者，他们不关心电影，电影跟他们没有关系，他们担心我的生活，我与他们有关。”

“很多人逃避自己来的一个路，来的一个方向，尽量地割断自己跟过去的联系，我自己就不喜欢这样。”贾樟柯写了一篇还乡文——《我们真的能彼此不顾，各奔前程吗？》，文章里细细描写了他重访高中同学的故事，回忆了高中时在故乡的生活情境。他在文章里这样写：“我决定把今天的事情忘记，从此以柔软面对世界。是啊，少年无知的强硬，怎么也抵不过刀的锋利。”

写出过《周渔的喊叫》等著名小说的作家北村，也在二〇一七年离开生活了十六年的北京，回到福建长汀的家乡，开网店售卖当地的原生态农产品。他用自己数部小说作品的名字，来命名他销售的各种禽蛋、农作物。

文史作家十年砍柴，老家在湖南新邵，他有两篇与故乡有关的文章读着令人动容，分别是怀念父亲与祭奠母亲的文章。为了满足父母的愿望，他回乡在老屋地基上新建了楼房，父母亲的离世，并没有切断他与故乡的联系。在人生进入下半场的时候，故乡的亲人，还是那片土地上的一切，都成为他们生命里的重中之重。

我想，我会追随他们的脚步。

4

这次“故乡行”有两站——郯城和临沂，离开郯城后我们去了临沂。在同来的朋友想象里，临沂是个山沟沟里的城市，可一接近沂河大桥，他们就不断地发出感叹，“我们是到了深圳吗”，“感觉像到了曼哈顿”，“有点儿接近伦敦了”……几乎所有紧邻大江大河的世界都市，都被他们数了一遍。沂蒙山老区的城市新形象，彻底颠覆了他们的固有印象。

而这座城市里唯一的一所大学，一百五十二万平方米的占地面积，以及齐全的硬件设施，也让我们一行人感到不可思议。——这就是快速变化的故乡，她建设的速度，远远超过我们的想象速度，我们需要多花一点时间，才能再次慢慢熟悉起来。

去参加晚宴的时候，穿过灯火辉煌的新城，逐渐进入老城，即丘路，金雀山路，银雀山路，小埠东，蓝天大厦……过去在这里生活的三年时光，全部浮现了出来。在朋友车里的时候，我们谈到一些共同的但已经逝去的朋友，情绪有些黯然，谈到什么才是最好的纪念。答案是，唯有不遗忘才是最好的纪念，唯有被记得的才是有意义的，忘了，就一切都不存在了。

在临沂，印象最深刻的是去了七十多岁高龄的作家王兆军先生归乡后开设的东夷书院。他为两个村庄撰写并出版了村史，一本叫《黑墩屯》，一本叫《朱陈》。仿佛这样还不够，几年前的秋天，他与夫人一起离开生活多年的北京，回到山东老家的村庄，开设了被他称为“当代中国最小的书院”。他实现了一个文化人的终极理想：归乡，隐居，办学，阅读，写作。对于多数抱有这种理想的人而言，这是一种奢侈。

王兆军先生敲起了书院的钟声欢迎我们，那段小视频我看了十几遍，每次看，心里都无比感动。在乡村办学，因为受交通、资金、观念等各方面的影响，遭遇的困难与压力是可想而知的，但老先生仍然坚持把学院办了下来，并且没有接受一些“可以把学校做得更大”的条件，他坚持哪怕是所乡村书院，也要把“平等、自由、沟通”的精神传递到所有学生那里。

5

信写到这里，应该可以结束了。但你知道，有些内容是不用写的。

年轻的时候，我以为，要逃就逃得远远的。当时我觉得北京最远，现在想想真是幼稚，不到七百公里，坐飞机上，空姐发的矿泉水还没喝几口就降落了。这几年，由往年的春节回乡，已经变成了周末回乡，假期回乡，多的时候，一年要回去五六次。

我很开心能用这次回乡时的精神与面貌来面对老家。不是我变得自信了，而是我学会了接受一切，能够做到平静地看待事物的发生与变化。如同一位电影导演所说的那样，“让故事发生”，这简单的五个字，蕴含了太多的道理，也包含了最简单的解决办法。

我们都变得客气起来，也真实起来。客气是我在外面学到的，是因为有人在不断教我，哪怕面对最亲近的人，也要真诚地表达谢意，这不是推远距离，而是让对方感受到情感。真实，恐怕是我们各自成长过程中积累下来的。

如果不能用“真实”来面对故乡，就会面临浅薄的虚荣、无用的虚伪、尴尬的躲避等带来的折磨。

因为不真实，我曾一次次在故乡被打回原形。

这次好了，这是真正的原形，是你认识了快三十年的朋友。愿回故乡时还是少年，我争取做到，尽管胸腔里藏着的，是一颗逐渐变得迟钝起来的中年心脏。

如果故乡不能给你安慰，异乡就更不能

你躲在故乡街道拥挤的人群中，徜徉在故乡郊外蓝天白云下。你希望不遇到一个熟人，能信步自由地走上几个小时，以便确定自己仍然属于这里。你在外面漂来漂去，一直找不到扎根的地方，而在故乡，虽然你已经被连根拔走，但还是想贪婪地把故乡据为己有。

1

每年回乡，都会有一些愿望，比如，到县城电影院门口逛一圈，买几串经营了三十多年的王师傅烤肉串站在马路边上吃完，去小书店看原来卖书的清纯小姑娘成了几个孩子的妈……今年回乡的愿望是，把去年想见而没见到的人，都见一遍。

因为受到这个愿望的鼓动，以及去年实现了职业上的自由，所以今年回乡过年，比往年提前了一周多。这意味着，有近半个月的时间，来邀请或拜访亲朋好友们。而见面的最好形式，以及最佳场合，是在某条街道的边上，选一家酒馆，点上几个菜，带上几瓶好酒，边喝边聊。

说是愿望，其实也是内心隐隐的渴望，觉得这会是个温馨、美好、欢乐的瞬间，值得长久地记忆。

这么多年来，每每在匆匆离乡回到寄居的北京之后，想到遗漏而没有见到的人，内心总会有一些歉疚感。以前没有分析过这歉疚感究竟从何而来，现在想通了，这种略带点悲伤的感情，源自年龄的增长，以及时日无多、见一面少一面的恐慌。这种恐慌需要见面来安慰。

我从未扮演过衣锦还乡者的角色，尽管这是年轻时出来闯荡的动力之一。以前在内心深处，一直固执地觉得，在家乡父老面前暴露出虚荣的一面，是件不堪的事情。于是，便竭力地保持以前的样子，到了家就说家乡话，永远闭口不谈在外面的事情，包括自己做了什么等等。但显然，这不是大家所期待看到的样子。

2

故乡如同一个漩涡，你的归来则像一颗水滴，很快被旋转的速度带了进去。回乡遭到的第一个打击是，每年此刻都要相聚，且聚了近二十年的同学聚会竟然取消了。没人操办和主持，仅有一位同学打电话问："今年还聚吗？""不知道呐。""那我等通知了哈。"

去年，我力挽狂澜地组织了上一届春节同学聚会，人不算太多，有的同学为了不冷场，特意带朋友来，结果因为有陌生人在，反而真的冷场了。一桌子中年人，酒喝不动了。没人说醉话，气氛就热不起来，大家连聊上学时那点谁暗恋谁的老梗，都显得兴致不高。那时候就预感到，同学聚会可能无以为继了。

同学聚会带来的后果是，在接下来不到一个月的时间里，接到了三个同学的借钱微信。一个说做生意手头紧，希望能拿五十万帮周转一下；一个说想在村里买一块宅基地存起来，等有钱的时候盖房子，借钱额度不限，一万两万皆可；还有一位说买车手头缺钱，希望老同学能帮凑一点。好在是用微信交流，不像打电话那么尴尬，三个借钱的同学都被我婉拒了。拒绝的时候觉得自己遵守了某种规则，同时也觉得自己冷漠，心里别扭了一段时间，但最后还是觉得，"救急不救穷"这个规则更重要一些。

同学聚不成了，我开始邀请文友，都是二三十年的朋友。一位老友离开了家乡，去儿子工作的城市投奔儿子，今年春节没有回家过年。一位老友的工厂遭遇火灾，损失了几百万，根本没心情出来喝酒。一位老友和另外一位老友有嫌隙，有一个在，另外一个就不会到场。最后只有一位老友来了，他前段时间中了风，面瘫还没有好利落，戴着口罩穿着大衣来了酒馆。

我带了一个弟弟过来倒酒，另外，还有几位一直认识但没谋过面的文友过来一起聚。但整个晚上，都是我和唯一到来的老友谈论过去的事情。我们回忆过去哪一年哪一场酒喝得最为暴烈，回忆有一次喝多了在大街上把其中一位的自行车扔来扔去，还有他摔倒在街头，我送他一瘸一拐地回家……新来的朋友听得津津有味，席间欢声笑语，老友不顾全桌人的劝阻，坚持喝了一杯白酒。这场酒喝完心里踏实了许多，仿佛故乡还在。

后面一个晚上，邀请了少年时的伙伴，加上我一共四位。这真是十来岁时一起晃荡过、知根知底的伙伴啊，也是喝酒时不必提前预约、随叫随到的人。果然，他们都推掉年底要忙的事，准时地来了。

我给他们带了一年多前出版的书。在此之前，我出版的十余本书，从来没送过他们。他们是无数次出现在我文字里的主人公，可我以前莫名其妙地并不想他们读到这些文字。现在可以坦然地把自己写的故事交给他们了，也算是我心理建设过程里的一个小小的进步。

他们不读书，对我送的书也不甚感兴趣，撕掉封膜翻翻后就各自放屁股底下坐着了，彼此提醒着喝完酒后别忘了带走。四个少年伙伴，如今都到了中年，但每次见面，都觉得还没有长大，还活在过去的岁月里。那一点点成熟与矜持，仅仅一杯酒下肚之后就荡然无存，关上房门，像少年时那样放肆地大笑，粗鲁地劝酒，把谈论过的那些往事又欢快地复述了一遍。

以品尝的名义，在街上吃摆摊老太婆的葡萄，结果一颗没买，被老太婆追着打；逛遍城里的每一栋楼房，捡拾各种废品卖给小贩，换来钱，他们买啤酒我买书；在游戏厅和社会上的小痞子打得头破血流；为了捍卫其中一个伙伴的姐姐的名誉，在百货公司门前的夜市上和当地最大的混混头子单挑；在工商银行门前的户外卡拉 OK 一块钱一首点唱郑智化的歌……

说这些事情的时候，一位一直催我交稿的话剧公司老板来电，我兴高采烈地说自己终于找到选题了，写我的这几位兄弟，写乡愁，写喜剧，写我逃开又想念的故乡……那位做话剧的朋友说："别吹牛，给你录音了，交不了稿子提头来见。"

酒醒后想到席间说的话，不禁惆怅若失。关于故乡，关于少年，关于乡愁，我真的能写出好看的故事吗？在这一点上，我并不自信，因为，每当面对熟悉的人与往事，和往常一样，我总是如此迷茫。

3

“故乡，是一个可以把人打回原形的地方。”《看电影》杂志的阿郎在朋友圈发了这么一句话。我愣了几秒钟，给这句话点了个赞。

住在酒店里，换洗的衣服已经快没了。睡得晚，起得也晚，早晨从中午开始，眼泡已经有些浮肿。懒得刮胡子，洗脸的时候总觉得洗不干净。烟酒的味道在羽绒服的内里流窜。因为上火，嘴角开始溃疡。想到血液里的酒还没有完全消化掉，又要面对迎面而来的酒杯，就充满压力。没由来地想发火，又找不到发火的理由。

面对孩子以及遇到的每一个人，又得换上一副温柔的面孔，装作很自在又开心的样子。每次走进下一个酒局之前，要深深地呼吸一口气，提起全部的精神……“我已是满怀疲惫，眼里是酸楚的泪，那故乡的风和故乡的云，为我抹去创痕”，多想像歌里唱的那样，只走在故乡的风里、云里，让故乡抚慰满怀的疲惫。

要用家乡话来与人交流，要用家乡的思维来考虑问题，要用家乡的价值观来评断事物。尽量不使用新语言，也别谈什么新话题，比如特朗普、老虎咬死人之类的，这和故乡无关。

在故乡，只有谈论过去才是安全的、欢快的，只有回到那个虽空出来却一直留给你的位置，才是完美的、和谐的。不要冒犯那些已经形成了数十年的规则，不要更新你停留在过去时光里的形象与性格。任何的抵抗和试图改变都是徒劳的，故乡会用她自己的方式，让你乖乖地又沉默地接受一切。

有一个例子足以证明，故乡在打脸的时候，是火辣辣的，非常疼。

我按照计划去看望孙叔——每年都去看望这位老人，我在故乡工作时的前领导。他退休后，许多当年的年轻人都不再登门了，用他的话说，我是唯一一个“有点良心的”。他在村庄边缘自己的自留地里，盖了几间简陋的房子，盖这几间房子不是为了住，而是为了等待拆迁。拆迁上楼需要二十多万才能买到新房，如果不加盖几间房子，征地补偿的钱压根不够付。

站在孙叔的院子里，感到满目狼藉。据孙叔说，某天清晨来了几辆巨大的铲车和上百号人，只花了二十多分钟时间就将他的家园“夷为平地”。孙叔打电话给我，问这事是否可以上访。当时我的回答是，房子是违建，强拆有他们的道理。

但孙叔还是坚持给我寄了封挂号信，希望我能帮他转交给信访部门或媒体。那封信到达时，我在外地。孙叔打电话来问，为了让他安心，我直接说“信已经收到了”。

事实却是，因为没有及时去取，信被退回了，邮局真是太靠谱了。这次春节见面，孙叔问：“你不是说信收到了吗，怎么原封不动给退回来了？”我的脸热辣辣的，很疼，想解释一下，却不知道说些什么。也许，这二十三年的感情，因为这个谎言，就掺进了沙子。不知道孙叔明年还愿不愿意见我，愿不愿意给我打开柴门。

这个事情让我耿耿于怀了数天，失眠的时候就拷问自己，是不是我整个人变了。在故乡，绝对不可以做一个言而无信的人，否则，真的会进入一个人的口头历史，成为污点。故乡，就这样简单地把我打回原形，让我思考了很多。这算是个教训，也是个警醒。希望孙叔能原谅我，原谅我的谎言，也原谅我的无能为力。

4

对待一个人最好的方式，就是把最好的给他。这是一个朴素的道理，在故乡也是一个通行的价值观。

受乡村观念和家族生活影响，每年回乡过节，我也尽可能地遵从这一规则，把一年来购买的或者朋友赠送的最好的酒、最好的茶、最可能受欢迎的礼物，塞满了汽车的后备厢带回去。同时为了保险起见，除了带够钱包装不下的现金，也给微信、支付宝里充值了自觉够用的金额。

以前会给所有孩子每人买一件新衣。对童年的我们来说，新年收到新衣是最好的礼物，但现在的孩子已经对新衣服熟视无睹，甚至连打开包装看一眼的兴趣都没有，于是近年便转为更直接的红包了。

加在一起，每年要拜访十多家亲戚，要一家家地走下去。要费点心思，考虑买什么样的礼物，要考虑品种与数量，要想到是否合对方心意，以及是否会取得欢心。通常最好的表扬是，“你去年送我的酒（茶），我朋友来喝了都说好”，这会鼓励你下一年继续送下去。

我是用城市里学到的礼节，来要求我的亲人、亲戚，而他们则不会如我所愿，用“见外”的口头方式安慰我一下。这大概也是许多回乡者的痛苦来源之一吧——只有人关心你混得好不好，没有人问过你活得累不累。

又能怎么办呢。你不能和故乡决裂，哪怕被骂为“凤凰男”也不能。

你躲在故乡街道拥挤的人群中，徜徉在故乡郊外蓝天白云下。你希望不遇到一个熟人，能信步自由地走上几个小时，以便确定自己仍然属于这里。你在外面漂来漂去，一直找不到扎根的地方，而在故乡，虽然你已经被连根拔走，但还是想贪婪地把故乡据为己有。

你不能失望、不能抱怨、不能在酒后落泪。你以“成功”的姿态重返故乡，再以“勇敢”的面貌走出故乡。故乡如同把你推出门外的母亲，在你中年的时候仍然教育你“好男儿志在四方”，别忘了“衣锦还乡”。可是故乡却不知道，离开的人，哪怕白发苍苍，在很多时候，仍有一颗孩子的心灵。

如果故乡不能给我们以安慰，那么异乡就更不能了。

县城里的中国故事

中国最好的故事在县城，县城故事才是最符合当下中国气质的。这些故事生猛、真实，带着土腥气，讲述时不需要矫饰；这些故事有世俗功利的一面，但牵扯到骨与血的时候，却一点儿也不掺假。

我每次回去过年的县城，越来越像贾樟柯镜头里的汾阳，充满了故事。这故事由青春、记忆以及勃兴的当下组成，这故事散落在县城街道、新老建筑，以及一张张熟悉的面孔上。

回老家第二天，县城飘起了小雨，我牵着五岁女儿的小手，漫无目的地闲逛着。平时不爱走路的她，那天没有“求抱抱”，而是安静地跟随我走着——这个城市对她而言，仿佛没有一点陌生感。

我觉得这是一件挺神气也挺神奇的事。自己也没有想到过，会有一天领着女儿的手，走在少年时呼喊过、狂奔过的街道上。出生在别的城市的女儿，在他父亲的家乡，会留下什么样的记忆？她长大之后，是否还会带着她的孩子来这里，是否还能体会到安宁、自在的气息？

在县城，我还遇见了每年都会遇见的人。一个远房的表叔，准时地约我见面，和我谈他那场旷日持久的官司。十多年前一场冤案，让他被无辜抓进监狱关了两百多天，无罪释放后，他开始了漫长的维权路程。没上访，没堵政府大门，只是像《肖申克的救赎》里的安迪一样，年复一年地往外寄信。就这样一点点的，先是检察机关还了他清白，后是法院改判无罪，再是申请政府赔偿成功，然后又是艰难地办理了退休手续。今年他告诉我，正在申请补发被开除公职后的几年工资，虽然遭遇了阻力，但他坚信只要把信一封封寄下去，他那比窦娥还冤的案子，就能彻底结清。顺便说一句，窦娥的原型周青是我的老乡，她的墓就在县城边上，我去专门拜谒了。

我的县城兄弟开车把我拉到铁路桥下面的饭馆吃饭，在时不时出现的火车轰鸣声里，他终于肯对我讲述伤心往事。一九八九年，尚未成年的他卷入一场打架斗殴案。他对我讲他怎么在监狱里挣积分减刑的故事，讲述他坐满十五年牢释放后突然面对这个变化巨大的世界的恐慌。现在他在一个工地老老实实地打工。吃饭的时候，他总说起我给他寄的一张贺年卡，他说他直到现在都记得卡片上的每一个字，每一个标点符号。我们在铁道桥下合影，呼啸的火车在头顶滚滚向前。

我见到了弟弟妹妹们，当年他们都是孩子，现在他们也有了自己的孩子。聚餐的时候，女人和小孩一桌，喝酒的男人坐在一桌。每逢这样的时刻，我都有些恍惚，这一年一度的相聚，等待得太久，在一起说话聊天的时间又太短，短到我很想偷偷架一台摄像机，把这一幕幕都录下来，等到深夜没人的时候，自己看。很奇怪，以前没有这种想法，总觉得生命漫长，有的是时间见面，可今年的情绪变了，觉得时间太短，恨不能把这时间拍扁了、拉长了，再按一下暂停键。

我见到了家人、亲人、同学、朋友，见到了县城里的官员、社会上的小混混，见到了出租车司机、饭馆老板、卖煎饼的、卖水果的，见到了城管车、摆摊小贩……不管认识不认识，不管见面亲热不亲热，我都是一个外来人，是待几天后要走的。他们的话里透着客气，吃饭买单的时候，我永远没有机会，因为总是有人说："你是客，远来的都是客。"有段时间，我也一度这么认为，可今年心里就悬了一个大大的问号：我怎么就是客了呢？我怎么就是客了呢？

这个县城过往的故事满满地塞在我的记忆里，有的写了出来，有的不舍得写。它现在又发生的故事，又一点点地塞进了我的脑海里。我在琢磨，怎么才能把它记录下来，用对得住它的形式，用能让它永恒的内容。中国最好的故事在县城，县城故事才是最符合当下中国气质的。这些故事生猛、真实，带着土腥气，讲述时不需要矫饰；这些故事有世俗功利的一面，但牵扯到骨与血的时候，却一点儿也不掺假。

得益于网络和手机互联网，大城市看到的网络电视，以及流行的手机 App，在县城一样普及；对商品房和私家车的追求与热爱，同样不理性；各种娱乐八卦、小道消息，传播速度和内容高度一致；小城人的见识和理解，一点也不比大城市少。而一线城市里没有的，这里却有，比如相对洁净的空气，大片的土地，开车五分钟就能见到的田野风情。

每年的回乡之旅，都有不同的感受。今年发现了县城的故事性，发现了这座古老小城，其实小城仍然年轻，而我对它有了依恋和了解的愿望，是因为我开始变老了。

近乡情更怯

你在别的城市，已经变成另外一个人，你想要拔脚出走，过上一种简单的生活，结果却发现有形的脚可以离开，无形的根却仍然在原地，每试图拔一次，就会生疼一次。

每年进入十二月，就隐约有了准备过年的感觉，再加上眼前、耳边都是和“回家过年”有关的信息，更是多了点紧迫感。

这一年没有完成的事，年初时想要实现的愿望，到这个时候都要暂停一下了，“过了春节再说”，这是传统文化中很重要的一个特点。

在外漂了近二十年，早些年回家过年，不像现在这样，犹豫、焦虑，心里总是带着点若有若无的压力。可能和那时候年轻有关，也可能和“故土难离”的乡土文化有关。离过年还有两三个月的时间，就急着想要买车票；临近出发前，更是期待与惶然交织，整个人都不在状态。拖家带口到了火车站，没有票就是扒火车门也要先上车再说。那个时候，不让回家过年，整个人都不好受，感觉接下来的一整年，心里都会疙疙瘩瘩。

可是，回家过年，太辛苦了。举个最简单的例子，回家前的一周或半个月，牙龈就会因为上火而隐隐作痛。过完年回来上班，嘴角准会起一个火泡，逢过年必上火，似乎成了一个惯例，也成为恐惧过年的一个理由。终于懂了为什么小孩子过年欢天喜地，大人却唉声叹气。

近些年，却也有一些不想回家过年的理由，首先是难以适应环境，老家处在南北方接壤处，冬天没有暖气。习惯了北京有暖气的冬天，回去之后冷得无处躲藏，见了谁家有生着火的炉子，就守在旁边不愿意走。

早晨离开冷被窝，还要用冷水刷牙洗脸。可少年的时候，也没觉得这样的生活条件有多艰苦啊。可见，人是不能过上舒服日子的，从苦日子到舒服日子容易，再回去就难了。

老家有个习俗，出远门的人回来了，无论混得好不好，都要上亲戚家看看。既然到亲戚家串门，空着手必然不好看，万一因为这样那样的原因，有一家亲戚没能去成，那就会落下不是，会在背后被念叨，从此，坏了多年攒下来的好名声。

亲戚们一年不见，是有必要看望的，可是因为春节假期就那么几天，一二十家亲戚走下来，除却购买礼物和跑在路上的时间，余下的时间只能是放下东西寒暄几句就得走。这样的寒暄，十几年持续下来，已成套路。

还有就是疲于应付饭局。我们老家因为有好客传统，一直到现在，还保留着好菜好酒留给客人享用的习惯。不管你饿或者不饿，这个饭局都要从头守到尾，直到主人觉得劝不动酒也劝不动饭菜了，才算圆满结束。

有时候真想过年的时候到街上先逛逛，无所事事，像少年时那样买串糖葫芦、套个圈，可这也成为奢侈的愿望。年年回家前都希望给自己多留一点时间，可是真回到家之后，才发觉那时间不是你的了。

因为这种种的不乐意，心里也曾有过漫长的斗争与冲突。

故乡塑造的人格，以及城市文明养成的习惯，每每在快到春节的时候便撕扯自己。往往会将这种撕扯产生的原因归罪于自己，觉得自己变了，懒惰了，自私了，世故了，仿佛这样给自己找些罪名出来会好受些。

可这样的自我加压多了，也会替自己开解：你是一个人，一个普通的人，一个劳累的中年人，再也没有力气去做每个人口中都说的老好人，何必为了面子辛苦自己？

开解归开解，但最终的结果，仍然是服从于以前的套路，该做什么，还得做什么。

这种境遇，大概是许多漂泊者都面临的考验。你在别的城市，已经变成另外一个人，你想要拔脚出走，过上一种简单的生活，结果却发现有形的脚可以离开，无形的根却仍然在原地，每试图拔一次，就会生疼一次。

你想，干脆回去，让那双脚再长进自己的根所在的地方，却发现，哪怕多停留几天，都会如坐针毡，想要离开。你在内心嘀咕：怎么办，这该怎么办？可没人给你提供解决方案。

以前错以为，宋之问写“近乡情更怯”，是因为离故乡近了开心而觉得激动、紧张，或者家乡有什么亲爱的人在等待着。后来才知道我是想多了，诗的原意，是许久得不到家乡的书信，在归乡途中担心家里会有什么变故，都是灰色的情绪，没有一点儿旖旎的成分。

原来宋之问在一千三百多年前，就用四句小诗，写尽了当下“漂一代”的所有愁绪。

我以奔跑的心态重走故乡

重新发现故乡如同再次亲近母亲，了解她全部的青春、沧桑和故事之后，会产生一种掺杂着感恩、向往、回归、愉悦等元素的情感。这种情感是属于青少年的，这种情感可能会在一段时间里被磨损、消耗一些，但会在某一个时刻重新充盈于血脉当中，让人心情激越。

山东郯城县，是山东的南大门，出了门就是江苏，就是南方。因为少小离家，每年春节回来时，总是在县城活动，很少有机会概览家乡全貌，对于故乡的印象，长久地停留于老电影院、老汽车站、烈士陵园等少数几个场所。今年暑假有了自由身，可以早早地回来，花上两三天的时间，再次去了解家乡。而这次回乡所受的触动，远远大于想象。

熟悉的地方没有景色，近二十年来，故乡无数次被我写进文章里，但我无法知道，自己是否真的了解故乡。网上有句流行语，叫“愿你归来时，仍是少年”，在我第一次有了强烈想要回到故乡的愿望后，我却已经不折不扣进入了中年。不但自己头上近半的头发变白，家乡的老友，也多两鬓白发。

一个人与家乡的联系，无外乎血缘、家庭。一个人逐渐与家乡产生陌生感，主要源自对家乡风物失去了进一步的亲近。或是出乎这样的考虑，我与家乡的朋友在这个暑期开启了一段重新认识家乡的旅程。

在接近傍晚的时刻，来到了倾盖亭，这是一个新建不久的亭子，传说孔子游历列国经于此，路遇诸子百家中的程子，两人倾盖交谈。程子是春秋时期内丘人，至于他如何会到了山东郯城，与孔子为何会巧遇，不得而知。但倾盖交谈的画面却是可以想象的，所谓倾盖，即两个人的车子相互倾斜，车上的伞盖衔接在一起挡住骄阳。孔子与程子“语终日”，也就是说，谈到差不多日落时分。他们谈论的内容是什么，史书并没有详细地记载，好像那个时候的人们也重形式轻内容，两位圣人能够惺惺相惜，就足够构成一段佳话了。

很长一段时间，我错以为与孔子交谈的人是郯子。要知道，郯子是郯国的国君，按照现在的接待规格，郯子与孔子倾盖相谈，更符合人们的期待。据记载，郯子治郯时讲道德、施仁义，郯地文化繁荣。鲁昭公十七年，郯子前往鲁国朝拜，昭公设宴款待，席间有人问起远古帝王少昊氏以鸟为官员命名之事，郯子对这个问题给予了十分详尽的解答。当时孔子在鲁国当一个小官，年龄二十七岁，尚未名满天下，孔子专门赴郯请教郯子，于是便有了韩愈《师说》中所记的“孔子师郯子”。

我家乡人熟知这个典故，但似乎并不为此骄傲，郯子固然有英名，但最伟大的人仍然是孔子，不能因为孔子曾求教于郯子，便觉得郯子比孔子了不起。

若论郯城最具历史感的地方，比“孔子师郯子”更重要的事情还有许多。比如著名的齐魏马陵之战的古战场遗址就在这里。马陵之战发生于公元前三四一年，这场战争是一场同门师兄弟之间的残杀。同拜于鬼谷子门下的庞涓，曾因嫉妒师兄孙膑的才华，设计削去了孙膑的膝盖骨，害得师兄只能依靠担架行走。但在马陵之战中，孙膑大仇得报，利用马陵山的险峻地形，引诱庞涓部队深入，一举歼灭，据说这场战役共有十万士兵参与，堪称史诗之战。

重走马陵之战古战场，正值入伏第一天，马陵山谷暑气蒸腾，植物气息四溢。因为周边环境保护得好，仿佛置身于两千多年前的古战场，树是古时的树，风是古时的风，蝉鸣是古时的蝉鸣，草丛间飞起的蝴蝶，像是刚从战士的铠甲上离开，十万人的呐喊砸在石头上又销声匿迹，十多岁的士兵死在他们最好的年纪……只有天空的云是新的，它在晴好的天气飘来，把往事又再瞄了一眼，看了一遍。

比马陵之战更惨烈的历史事件，是著名的郯城大地震。这场大地震发生于康熙年间，一六六八年七月二十五日晚，震级高达八点五级，是中国大陆东部板块内部发生的最强烈的一次地震，破坏性约为唐山大地震的十一倍。我上小学的时候听语文老师讲过这次地震，他说地震之前郯城的首席行政长官前往京城汇报工作，回郯路上知晓了地震信息，等到他赶回郯城时，整个县城竟然无一人生存。这个故事在我童年时留下深深的阴影，长久以来，每每想到那位县长大人，就会浮现他四肢着地、痛哭流涕的场景。对于当时的人来说，地震是诅咒，是毁灭，是世界末日，它所留下的阴影，需要千百年的时间慢慢驱逐。

因为有马陵之战和那场大地震，故乡的文化形象，一直是一座苦难之城。想到故乡，脑海里交织浮现的是它的深厚文化底蕴、悲壮的战争史诗，以及大自然赋予的深刻伤痕。许多人形容家乡，爱用“神奇的土地”这个略显俗套的说法，但我的故乡的确是一片神奇的土地，这片土地纵然曾满目疮痍，却能够神奇地抚平创伤，再次以肥沃的土地和唯美的自然与人文景观，滋养数以百万计的人们。

在故乡，最神奇的莫过于那棵老神树。老神树是家乡三十万亩银杏林、两万多株古树中的祖先，它的树龄超过三千年，是世界上最古老的树。二十多年前，我第一次去看老神树，进园时买了一兜苹果，嫌拎着重，于是放在了老神树脚下一个不太引人注意的地方，心中默念：请老神树帮我看着苹果别丢了。等临走时再来找，那兜苹果已经不翼而飞。这不怪老神树，怪我太年轻。

现在，我又去拜谒它，它枝叶繁茂，生命活力如壮年。老神树方圆几十米，没有任何植物，它孤独又雄伟，如一头不容别人接近的雄狮。它的根系据说盘踞地下数十亩地，有的直接通往不远处的河底汲水。它比别的银杏早一个月泛绿，迟一个月落叶，而且落叶的时候，肯定会在四个小时内全部落净。每年落叶时刻，金黄的银杏叶翩翩飞舞，游人如织，其情其景，无比震撼。用手抚摸它粗糙却充满肌理的皮肤时，有那么一个瞬间，仿佛真的感觉到了它的呼吸与心跳。

我以奔跑的心态重走故乡，我要稍微花费一点力气来掩饰自己的孩童心态。重新发现故乡如同再次亲近母亲，了解她全部的青春、沧桑和故事之后，会产生一种掺杂着感恩、向往、回归、愉悦等元素的情感。这种情感是属于青少年的，这种情感可能会在一段时间里被磨损、消耗一些，但会在某一个时刻重新充盈于血脉当中，让人心情激越。

一条河流和我的命

它曾让我第一次体验到生命中那近似瑰丽的一幕，也曾用神秘的力量想要夺走我的生命。在漫长的时间里，我是把白马河拟人化的，但又说不清楚它究竟是哪个人，它既疼爱你又恨你，既滋养你又扼杀你，它只对留下来的人有这种让人百思不得其解的情感，对于离去的人，却近乎无情的冷漠。我常常想起故乡，想起村庄，却极少想到那条河流。

窗外就有一条河流，因为是冬天，河床干涸了，偶有几汪水，远远望去，如反光的镜子。虽然是河流，却看不到河水，映入眼帘的，是深冬的枯草，还有寒风卷起的不明物体在河岸边盘旋。这样的依河而居，算是真正的与河相伴吗，我不知道。

记忆里有条河流，是和现在看到的河流完全不一样的。先说说它的名字吧，它叫白马河，是我家乡的一条河，不知道它的源头在哪里，只知道它穿越前狼湖、中狼湖、后狼湖这三个村子，然后仅挨着我们的村子汹涌地流过，也不知道最终流到哪里去。

每个人的出生地，或远一些或近一些，都有一条河，这条河通常会被称为“母亲河”。喝它的水，用它浇灌土地、洗衣服。白马河的确像母亲一样，照顾着堤岸两边生活的人们。在我的印象里，白马河从来没干涸过，有的时候，水势还大得吓人，但它也从未决堤过。这是一匹温顺的白马，它只顾奔跑，随意地留下恩泽。

我如果开始讲述一条河的故事，那么你一定会猜，我会讲那些在河里和牛一起洗澡、在河里抓鱼捕虾的快乐事。我的童年和别人在河边的童年没有什么太大的区别，所以就不说这些事情了。还是说说别的吧，比如对河水的感受、河水和我的命的故事。

第一次对白马河有特别的印象，是我童年时和姑父去河里洗澡。那是夏夜天色刚黑的时候，忙了一天的农活，也吃过了晚饭，大人们三三两两带着孩子去河里洗澡，这跟城里人到点了打开淋浴莲蓬头洗澡一样，是个习惯。时间久了，村里的人家，各自在河道里有了自己的地盘，而姑父所占领的地盘，是一座很窄的桥的下面。

记得那个夏夜空气燥热，而河水温润，我手里握着姑父给的一条白毛巾，浮躺在缓缓流动的河水里。远处的村落静谧无声，夜空的颜色是一种神奇的湛蓝。月光与星光倾洒在河面之上，从某一个瞬间开始，我的毛孔仿佛被无声地打开，整个人的重量开始变轻。觉得自己变成了河面上的一片树叶、一条小鱼，一只不慎落水又挣扎着跃出水面的小鸟。

那算是河水对我的一次启蒙，河水告诉了我一个孩子和自然的关系。当然，一个农村孩子每天生活在乡村，随时随地接触的都是自然，但正是这样，才会对身边的一切熟视无睹。那晚的河流分明在启示我一些什么，它瞬间打开了一个孩子头脑里的魔盒。那个孩子看不清楚那个魔盒里装着什么，但是却能发现那里的世界很绮丽，它催促着一个孩子结束对这想象的贪恋，顺着被某种感觉启动的方向走出，走出河流，走向远方。

第二天清晨的时候，我又急匆匆地跑去昨晚洗澡的那个地方，仿佛寻找什么。但河流恢复了原来的样子，如你喜欢的女子背过身去不再看你。这是条普通的河流，尽管在某天夜里它曾如此地不寻常。

关于白马河，也不尽然都是美好。传说这条河每年都要淹死一个人，连续几十年无一例外，为了解释这个匪夷所思的现象的合理性，村庄传说是河神需要“贡品”。孩子们是没有见过人在河里被淹死的场景的，非但不知道害怕，反而对此传说有着莫名所以的“愤怒”，我也是这样的孩子之一。

大概是小学四五年级的暑假，我们几个好朋友一起来到白马河最宽阔的桥面上——据说桥下面是淹死人最多的地方。从桥面到河面的距离有十几米，那算是很高的距离了，我们在某种“愤怒”的情绪驱使下，一次次地从桥面上纵身而下，跳进河里，再往深处游，用手触摸到河底的沙子，浮上来，再跑回桥上。如此反复地跳，不记得跳了多少次，大约三五十次的样子，直到跳得头昏脑涨，手脚上的皮肤都被泡白了，数了数一起跳的朋友还在，一个也没死，就兴高采烈地回家了。

但好运气是会用完的。我一直觉得是那次跳河游戏挑衅了“河神”，才导致后来自己差一点儿死在了白马河里。那天如往常一样，在中午最热的时候，和村里的大人小孩们一起泡在河里消暑，我独自向河对岸游去，这没什么，经常有人游到河对岸去，只是大人们不让孩子们这么干，因为觉得小孩会体力不支被河水吞没。

我被河水吞没了。怎么形容呢，那种感觉的确像是有人在河底生拉硬拽着你的腿，你恐惧，但全身像瘫痪了一样，你想大喊，但只要一开口河水就会不留情顺着喉咙往下灌。我拼命地用自己掌握的那点游泳技巧往水面上浮，耳朵能听到自己发出的类似于咕噜咕噜的声音。河边有人在大笑，那是他们觉得我在表演“装死”——经常有孩子这么干，把大人骗过来。就在我失去意识、整个人也放弃了的时候，一个大人游到我身边，把我拖上了河岸。

我像条鱼一样在岸边干热的沙土上吐着水，吐了许久才把水吐干。大人们说说笑笑地散去了，能走路的时候我也拍拍屁股回家了。这在乡村不算什么大事，一条河试图吞掉一个孩子，但最后这条河没能得逞，这个孩子命大……如此新闻，顶多能热闹半天就随风而逝了。几天之后，我在白马河边站了良久，没有下水。再几天之后，我们举家迁往城里，我与白马河彻底告别。

这是我对白马河的回忆，它曾让我第一次体验到生命中那近似瑰丽的一幕，也曾用神秘的力量想要夺走我的生命。在漫长的时间里，我是把白马河拟人化的，但又说不清楚它究竟是哪个人，它既疼爱你又恨你，既滋养你又扼杀你，它只对留下来的人有这种让人百思不得其解的情感，对于离去的人，却近乎无情的冷漠。我常常想起故乡，想起村庄，却极少想到那条河流。

常常就是这样，人们会记得一些轻轻浅浅无聊的事，却会忘却那些曾在生命里刻下幸福印痕或者隐约伤痛的事物。

过去的麦子与现在的麦子

搓几粒还未成熟的麦粒放在口中，嚼几口之后口腔便充满清香，这才是土地和风的结合催生出的粮食清香，这才是生活的滋味。

假期时，去野外闲走，路过一片麦地，快到丰收的时候了，麦穗沉重，在风中微微晃动。麦地深处有虫鸣鸟叫，麦地远处有农人吆喝的声音，忍不住拿出手机，拍了小视频，收录眼见耳听的这一切，发了朋友圈。

瞬间点赞者众，评论者纷纷，一条不过十秒钟的麦子小视频，震惊了朋友圈。有人立刻发来消息，要求我拍照并索要高清原图，把高清图换成了自己的头像；有人则拿去当了朋友圈封面；有人询问麦地在哪里，打算亲往拜访；有人可能是故意开玩笑，问这是麦子还是水稻。这个问题把我气笑了。

城里人五谷不分，遇到有关庄稼的事大惊小怪，并不为过。说真的，就算我在朋友圈看到别人发这样的图片或视频，也会忍不住点开看看，然后点个赞，留个言，评个论。朋友圈里天天高大上，多是咖啡馆里谈的内容，立项啊、开机啊、首轮啊、上市啊等等，偶尔有麦子出现，大家难免围观看个稀奇。

我留恋麦子、晒麦子的影像，并非是在这移动互联网时代卖弄什么农耕时代的浪漫。实则相反，看到麦地，最先想到的是烈日下割麦子的痛苦，麦芒穿过裤腿衣袖亲吻皮肤的刺痛。

麦子从麦地到麦仓，需要经历一个复杂的过程。割麦子是先要闯过的第一道关。熟透的麦子需要第一时间割下来，否则有“熟掉头”的风险——沉甸甸的麦穗等不到收割它的农人，径直地掉进了田里，成为野外鸟类的食品了。

割麦子需要穿上长裤，裤子最好是厚一点的，还要带上套袖，这么做的好处是可以阻止麦芒。但就算全副武装，割完麦子晚上回家洗澡的时候，全身都还依稀可见被麦芒刺出的红点。一整天麦子割下来，腰酸背痛。

把麦子运出田地后，下一个去处是打麦场。童年的打麦场，是爷爷赶着牛拉的石碾，缓慢地在场上转动，一圈又一圈，直到把麦子全部碾出来，那是一个人的劳动，不太用别人怎么帮忙。后来为了提高效率，普遍开始使用脱粒机，约两米长的脱粒机后面站着三四个人，把麦捆打开，分成一小把一小把地塞进去，麦粒和麦秸便会被机器分开，脱出的麦粒直接进了装粮食的口袋。

脱粒的时候要分外小心，不小心的话手臂很有可能被卷进机器，丢掉一只手或一只胳膊。我在脱粒的时候不担心手臂的安全，因为我始终保持着敏捷的本性，不会与机器较劲。最为揪心的是打麦场四处飞扬的灰尘，简陋的口罩根本阻挡不住肮脏的空气进入鼻孔，混杂了各种奇怪物质的麦场空气通过呼吸道进入肺管，要咳嗽好多天才能彻底清理掉。

装进袋子的麦子，要在麦场被清理干净之后晾晒，通常需要晾晒三五天的时间。夏天的骄阳能加快麦子的成熟度，把最后一丝水分从麦子的身体里驱赶出来。下午到傍晚的那段时间，是一天当中起风的时候，也是农人扬场的时候，扬场的人用一把大大的木锨，把麦子高高抛向天空，抛出一道优美的弧线，麦子在空中飞扬，掺进粮食的碎麦秸等会随风飘走，只留下干净的麦子。

我喜欢这个场景，常待在麦场边看扬麦子很长时间，这是整个麦子收获过程的最后一个环节，它意味着残酷的劳动彻底结束，接下来是尽可以享受丰收喜悦的时刻。

喜欢麦子装进粮仓时的那种踏实感，但确实不爱割麦子。我上班能挣工资之后，就再也没下过麦地。每年麦收季节都是花钱雇佣收割机，轰鸣的收割机，咆哮着闯进麦地，几个来回就把几亩地麦子收光了，比以前能节约很长时间，劳动强度自然也降低到可以忽略不计。这真是太好了。

为了逃避一辈子割麦子，我跑得远远的，一跑就是二三十年。如今我用手掌抚摸麦田，已经没有了如芒在背的不适感，取而代之的是无法形容的愉悦。时间果然有美化过往的功能。

我想，朋友圈里那些为麦地和麦子点赞的朋友，也想当然地联想到了许多美好的景象。比如他们的隐居梦、农耕梦、田园梦。可是他们(包括我自己)都知道，这仅仅是一个梦而已。甚至连梦都算不上，顶多算个臆想。要是真这么热爱粮食、庄稼与土地，从北京三环任一方向开出个十几二十公里，都能找到各种时兴的瓜果蔬菜、玉米小麦。可很少有人这么做——找一块农田，默默地什么也不说，什么也不做，只在地头待上几个小时。

无论从文学层面还是从生活层面，“麦子”都是一个重要的意象。中学时候写诗，最爱的组合就是把“麦子”与“黄金”组合在一起，根本不管它风马牛不相及。搓几粒还未成熟的麦粒放在口中，嚼几口之后口腔便充满清香，这才是土地和风的结合催生出的粮食清香，这才是生活的滋味。我的朋友们，希望你能抽个空在夏天寻一块麦田，搓几粒麦粒尝尝，或能唤醒你那百毒不侵的味蕾，体会一下舌尖上的乡愁风暴。

哪怕拍个图发个朋友圈转身就走呢，那也是好的。城市生活里需要点泥土的气息。

可不可以在田野里再跑一回

田野并不要求你为它劳动，纵然你是个懒汉，它也一样宽容地接纳你，无论你在田野里怎样嬉戏，它都默默接受，甚至会在某个时刻，微妙地与你互动。每每这样的时候，我总会想起古老书籍里所描述的伊甸园。

我的性格、我的人生甚至包括我的未来，都是和田野有关的。许多人都是，只是他们没意识到而已。

每逢放假的时候，人们走进田野，莫名觉得开心。有人说，大家感受到的，其实只是假期带来的欢乐，和田野没有多大关系，田野只是假期的一个道具。

然而在我看来，田野是一切生命的起源，走进田野，就是走进了生命的本质部分。

永生难忘的一次经历，和田野有关。那是上初中的时候，一天下午，我从居住的郊区走向田野。开始的时候，是房子和空地，走着走着，渐渐没了房子，只有种植了粮食的耕地，再往前走，耕地没了，看到的才是真正的田野。

所谓田野，人们会觉得是“行其田野，视其耕芸，计其农事，而饥饱之国可知也”中所说的那个田野，也是“阡陌交通，鸡犬相闻”所描述的那个田野，但我眼中的田野不止这些，因为我发现过田野不为人所知的一面。

比如在走到接近田野深处的时候，你会突然发现田野变了，没有耕田，没有鸡犬之声相闻，也没有了阡陌。田野像是在脱离了人类的控制之后，突然地舒展开了身姿，展现出了它隐藏很深的曼妙部分。

田野必须是要有河沟的，那些河沟不是人工修建，而是天然形成，河沟时断时续，时有时无，但每段河沟必然有清水，清水边必然有植物。我那边看到的植物是芦苇，一棵棵的，摇曳生姿，沙沙作响。有水有芦苇的地方，就有鱼虫鸟类，它们自成一格，拒绝打扰，但如果你固执地想要造访，也无妨它们自得其乐，彻底地无视你。

喜欢这种被无视的感觉，因为这样可以彻底解放自己的脚步与心灵。真正的田野必然会让人产生奔跑的欲望，于是你就会跑起来，脚步轻盈，踩着大地的肌理，那肌理分明是带着弹性的，跑、跳、跨、迈……大地反馈给身体的感触是不一样的，这会刺激你像兔子那样调皮，当然，你这么肆意地奔跑，难免会惊动真正的兔子，它们纷纷躲开你的路线，朝着草丛深处奔去。

沙漠让人恐慌，但田野不会。田野虽然不像田地那样出产粮食，但丝毫不会亏待躲藏在这里的动物。种种叫不出名字来的野果，可以食用的叶子与根茎，会让你满怀感激之情。想在累了饿了的时候，直接放倒自己，那么懒懒地躺在草地上，就近随手揪来一片草叶咀嚼，或者把一枚小小的野果放在口中，一面担心中毒，一面迷恋它的美味。

对了，躺在真正的田野里，和躺在最贵、最高级的软床垫上的感觉，是相差无几的。真正的田野，有让人无比愉悦的风，有时不时过来挠一下脸庞的草叶，关键的是，可以感受到来自大地深处的那股无法形容的力量感，你会觉得背部的肌肤，正在与土地产生联系，这时你会理解，那么多作家把自己形容为“大地的儿子”其实一点儿也不搞笑，他们一定是体验过这种幸福与安宁。

我不爱干地里的活儿。割麦子会被搞得浑身刺痒，掰玉米会在玉米丛中被热得要窒息，播种挖坑的时候，每弯一下腰都会觉得身体要被折成两截……但这些都不妨碍我热爱田野。田野并不要求你为它劳动，纵然你是个懒汉，它也一样宽容地接纳你，无论你在田野里怎样嬉戏，它都默默接受，甚至会在某个时刻，微妙地与你互动。每每这样的时候，我总会想起古老书籍里所描述的伊甸园。

我记得那次田野之行，一直持续到黄昏，天色将黑，而田野漫无边际，作为一个胆小的人类，我还是快速地原路返回。但这次田野所带给我的生命体验，一直深刻地烙在我的记忆里。从那之后，我与田野再未有过如此亲密的接触，一股无形的力量，把我与田野远远地隔开。

这一二十年来，我住在城市里，喜欢城市由高楼、柏油路、霓虹灯、商场等构成的繁华景象。城市越来越大，也像田野一样走不到尽头，但城市肯定与田野不一样：城市有规则，不允许野性；城市有心跳，但温度不如田野那么明显；城市是舒适的，但肯定是人工的，和自然没有多大关系。在城市住久了，会忘记田野。好在有那么点儿记忆，总勾着人想像少年时那样，再在田野里奔跑一回，寻找一回。

寻找什么呢？我也不知道，尽管有心愿，却从来没有行动力。高速公路修得天南海北，可以开车到最北的北方和最南的南方，车轮子连一块真正的泥巴都不沾上。不知道田野深处，那些沟壑、植物、飞鸟与走兽还是不是原来的样子，还有没有，还在不在。总想到更多的地方，看更多的风景，似乎彻底忘记了那片没有名字的田野。

我把走向田野划进了自己的人生规划当中——不开玩笑，就是这么郑重，想沿着当年的路线再走一回，在趟过的地方再趟一次，不知道闭上眼睛感受到旷日的风吹来的时候，会不会仿佛感到与一个陌生的少年相遇。

我怎么成了家乡的游客？

无处安放的乡愁，在奔波的轮子之上，四处游荡。

我在北京生活了十八年，每年春节回山东过年，成为与老家雷打不动的联系。这两年或是因为年龄或是因为心灵有所成长的缘故，临近年关也不再紧张、忙乱，想想初来北京时回乡过年的情形，那种纠结感清晰如昨。

十多年前，我见不得火车站，人山人海的火车站让人望而生畏，每每接近火车站，就会不由自主地口干舌燥、心神不宁。平时可以离火车站远远的，但春节快到时，总要和火车站打交道，要半夜的时候去排队买票，等到天光大亮排到售票窗口，被告知：票卖光了。

没有票也得走。怎么办，要么买黄牛的票，要么先上车后补票。最早的六七年，年年是买了或补了站票回家的，一站就是一夜，有时还抱着孩子。车厢里空气污浊，温度忽冷忽热，下半夜困倦不堪，想找个让脑袋靠一下的地方都找不到。

那时毕竟还算年轻，竟然一点儿抱怨也没有，老家仿佛有股魔力存在，那魔力让你尽管意识到旅途艰难，想象到来回不易，仍要勇往直前。我们这些飘在外面的人，到了春节的时候，会愈加觉得自己“人不人，鬼不鬼”，在老家的根已经拔起带走，在暂住的城市找不到认同感，那种悲切，沉默着就好，用言语形容出来，也是无力的。

每年加入春运大潮中的人们，为何如候鸟一般的自觉、勇敢、无法阻挡？文化批评家朱大可对此的看法是，他们是在“搬运一个关于‘家园’的文化幻觉”。

想想真是如此，人们通过运输自己，在这个时间段密集发酵自己的乡愁。乡愁让人的情绪变得敏感，因此春节期间与亲人朋友的相聚，愈加变得感性，这种感性记忆刺痛平时忙碌麻木的神经，让人产生了回到“家园”的错觉。事实上是，许多人已没了家园，最浓烈的家园感觉产生自路上，到达目的地短暂地停留五六天之后，又要离开。

快过年时想回去，过完年又恨不得早点离开，这就是家园幻觉带来短暂幸福感之后必须要面对的疼痛。留步在老家，不再出走，你会发现老家的压力一点儿也不比城市小，而且走的时间太久之后，你会觉得自己曾经无比熟悉的土地，也变得跟城里的柏油路一样坚硬。我们这一代飘着的人，之所以还没老就产生“老无所依”的感觉，和无家可回有绝对的联系。

自打有了私家车之后，就永久地告别了火车站，哪怕驾车也要十多个小时，但总算摆脱被一纸小小火车票控制的命运。为了减轻回乡的思想压力，也不再把回乡过年当成传统意义上的春节，而是当成一次普通的旅行，订酒店、订餐馆，安排每天的行程，在家乡，我以一个游客的身份穿行，获得了相对轻松一些的姿态。只是，什么时候开始，我变成了家乡的游客呢？

据说，春运期间，以平均每人返乡、回程乘坐四次交通工具计，约八亿人将完成“春节大迁徙”，总流量超过三十四亿人次。电视里在欢天喜地播放着喜庆的歌曲，城市与乡村在除夕的那晚鞭炮声隆隆，传统的春节仍然在顽强地捍卫它国民第一节日的地位。飞机、火车、客车、私家车齐齐出动，载着八亿人流动，可有股黏稠的情绪，是交通工具所无法承载的——无处安放的乡愁，在奔波的轮子之上，四处游荡。

一穗玉米的呼喊

用尽全身的力气呼喊，向我的出生地呼喊，向远处的栗子树呼喊，满地的玉米像我一样站了起来，用它们早已习惯的形式——整整齐齐排好队，密密麻麻挤在一起，与我一起呼喊，你听到了吗，一穗玉米与其它玉米的呼喊有什么不同？

给你讲讲玉米地的故事吧。你在城里，想看玉米地只能上网搜索，看一下图片，而我是真真正正在玉米地里待过的，我曾是千千万万棵玉米中的一棵。

一九八七年的时候，家里有五亩玉米地，那年我们家从乡下迁往县城，虽然住在县城里，但仍然是农民。种玉米的季节，我和爷爷来到玉米地边，我刨坑，他放玉米种，或者他刨坑，我放玉米种。五亩土地真是很庞大的一宗土地呀，一趟玉米种下来就要二三十分钟，玉米地的尽头是一片栗子园，怎么也走不近它，总算走近了，却不敢往栗子园里看一眼，因为栗子树下，是一个又一个的坟头。

我不是那么地热爱劳动，除了身躯有些瘦弱很容易疲惫不堪外，主要的原因是，五亩土地开阔得让人绝望，一粒一粒地往下播种，就像从牛的身上一根一根地往下拔毛。可爷爷说："那又能怎么办呢？"我要种好这玉米地，它是我那段时间的命运。下雨了，发芽了，玉米从种子变成苗子了。连同苗子一同疯狂长出来的是一种生命力顽强的野草，必须要把这些野草锄掉。

给玉米锄草要用锄头，在我们那儿，锄草不叫锄草，叫耪地。耪地除了可以把杂草除掉之外，还可以松土，让板结的土壤透透气，这样玉米的根须就能贪婪地扎根到大地里，拼命地把每一丝水分榨取出来。

耪地是比种玉米更让人绝望的农活。周末的两天，我和爷爷来耪地，其他的时间都是他一个人干活。隔了一周再来的时候，发现上周耪过的地，又有一丛一丛小草冒出来了，让人莫名其妙地火冒三丈。草长对地方了可爱，长错地方了可恨，此后很多年，看到长得不规矩的草就想把它薅掉，就是那时留下的阴影。

耪地的时候汗水在额头流下，模糊了眼睛，那会儿我想人生大概就如此吧——一趟玉米种过来，另一趟玉米种过去；一趟杂草耪下来，另一趟杂草耪下去。只有轮回，没有止境，等到人老了，死了，就会被搬运到栗子树林中去，随便埋在哪一棵树下。

那五亩地终归没有耪完，后来放弃了，任由那些野草欢快地淹没玉米苗，而那些玉米苗也没因此自暴自弃，也在努力地让自己嫩绿细瘦孱弱的身体能高于草丛一点点。晚上睡不着的时候，我梦见自己成为一棵幼年的玉米，那些草像是从大地深处伸出来的手，想要把我拉倒，我被草压下去，抬头看见的是由草编织的巨大森林，头顶只有隐隐约约的阳光，感到呼吸在变得急促，瞳孔在放大，头脑在晕眩，不行啊，我要活下去，要冲破那些草的包围，要连根拔起，逃离这片土地，永远也不回来。

在度过一个漫长的暑假后，爷爷拉起一辆木头做的平板车，说玉米熟了，该收了。五亩多的玉米郁郁葱葱，一棵棵玉米像士兵一样的列队站立，令人望而生惧，爷爷说，“那又能怎么办呢？”玉米棒子要一穗穗地掰下来，玉米秆要一棵棵地砍倒，这么一项庞大的工程，什么时候才能完成啊！

安静的玉米地，我能听见被包裹在叶子里的玉米的呼号，在被收割之前，它还像饥饿的婴儿一样，拼命地再吸收一点水分出来。而我则像一个刽子手，掰掉玉米的头颅，剥开它的衣服，看到一穗饱满而又金黄的玉米裸体呈现于面前。玉米，玉米，你能想到哪些人将你播种，又是哪些人将你收割吗？玉米，玉米，在你金黄色的回忆里，可有过对暴风雨的恐惧？是否在漫长黑夜里祈祷黎明的到来？

玉米地里的时间仿佛停滞了，微风吹拂玉米叶发出的唰唰声，也是这停滞的时间的一部分，听上去是黏稠的。玉米地里最快活的要属那些七星瓢虫，它们是玉米地这块停滞的时间带脱身飞出的时针、分针、秒针，它们一会飞到这儿，一会飞到那儿。我的精神就跟随它们去了，它们飞，我也飞，飞得快乐，飞得晕眩，天空，土地，空气，时间，在这个时候凝聚成一体。

记得忙碌到黄昏快要到来的时候，地里已经摆满了一堆堆的玉米，这些玉米要一车车地拉回去，一辆木头做的平板车一次只能拉回去几十分之一，这意味着地里的玉米要分几十次才能全部拉回家去。我在星光闪耀的夜空下躺在一堆玉米中间，这时候我饰演的是守护者的角色，但内心的惊惧却让我觉得自己是这堆玉米中最需要保护的一个。

永远忘记不了那个夜晚。星空清冷，玉米地潮湿，用玉米秸搭起的小房子狭窄，远处的栗子林坟地发出的磷火一闪一烁，像是挤着眼睛诉说一些听不懂的秘密。我以为黑夜就此会统治世界，白昼将不再到来，因此我冲出那间用玉米秸搭成的小房子，在黑夜的、已经被收割的玉米地里，用尽全身的力气呼喊，向我的出生地呼喊，向远处的栗子树呼喊，满地的玉米像我一样站了起来，用它们早已习惯的形式——整整齐齐排好队，密密麻麻挤在一起，与我一起呼喊，你听到了吗，一穗玉米的呼喊与其他玉米的呼喊有什么不同?

我喜欢城市，因为我对土地心怀恐惧。城市干干净净的水泥路或柏油路让我踏实安心，躲在二十多层高的楼房里，我觉得呼吸通畅。土地充满记忆，藏有太多的秘密，土地沉重而又无奈，它总是想把你留在原地。

我是城市里的一棵玉米，头顶着一穗被剥掉外衣的玉米果实，时常觉得自己是干瘪的，需要来那么一场暴风雨的洗礼，但我已经习惯了躲避与挣扎，习惯在记忆中挑选馨香的那部分让自己安睡。那片庞大的玉米地，此刻生长着什么，我是真的一点也不知道了。

县城小书店

忙完六叔杀猪的生意，我会用水和香皂把自己洗得干干净净，换上白衬衣，骑着自行车来到报亭前，从窗口递过去两块钱，从那姑娘手里接过一本崭新的、散发着油墨香的杂志。

又看到那家小书店了。牵着我小侄子的手，带他去买书。门口收钱的，是一个二十多岁的姑娘，长而柔顺的头发，面容清秀，露出温婉的气质，和我二十年前看到的那个书报亭的姑娘差不多，现在这个姑娘不会是过去那个姑娘的女儿吧？

想起我少年的时候，这个书店还只是电影院门前的一个书报亭，那是整个县城除了新华书店、图书馆之外最有文化的地方了。那会儿我刚刚迈入文学爱好者的门槛，正处在阅读的饥渴期，但到这个书报亭买杂志，还是犹豫很久之后的事了。

在去书报亭买杂志之前，我一直都是在图书馆阅读免费的报纸和杂志的。图书馆很小，报纸和杂志就那么多，通常只用一天的时间，感兴趣的报刊就读完了。没东西可读的日子，总是有点儿难过。想去买本杂志来读，可觉得它们的定价实在是贵呀。

所谓的贵，其实也就是一本两块钱吧。那时候我帮六叔做杀猪的生意，作为一个打工者，六叔却没有付我工钱。至今我还拿这件事向六叔抱不平，他总是讪讪一笑，说："你那时小，要钱有什么用？"

我一直没告诉他，我想去买那些杂志，那些叫《诗歌报月刊》《星星诗刊》的杂志。那会儿，如果稍稍去晚了几天，这两本文学杂志就卖光了。卖杂志的姑娘会用她干净而柔软的眼神看我一下，意思大概是，下次早来几天吧。

那时的我，总觉得和报亭姑娘的世界相隔得太远。想一想，人家是在报亭工作的姑娘，应该是多有文化的人啊，报亭的那个玻璃橱窗，就足以把我们远远隔开了。

所以，我常一直远远地望着书报亭。在每个月当中的几天时间里，忙完六叔杀猪的生意，我会用水和香皂把自己洗得干干净净，换上白衬衣，骑着自行车来到报亭前，从窗口递过去两块钱，从那姑娘手里接过一本崭新的、散发着油墨香的杂志，有时甚至来不及回家，就在街角把整本杂志从头到尾翻了一个遍。

我仔细回忆了一下，除了有人来买杂志，其余的时间她都是埋头在一本杂志或书里，仿佛阅读才是她的工作，看守书报亭是额外的事情。我也不晓得她记不记得我，我清楚地记得，在我离开家乡数年后，重新再看到她时，她的眼睛一亮，似乎想和我说句什么话，但最终什么都没说。

作为我在家乡的牵绊之一，这个书报亭寄托着我的某些感情，这些感情和梦想有关，和未来有关。因此，在离开县城的前一天，我像往常那样去了那个书报亭。这次我没有买书，只是静静地在那儿看了一会儿。她也一直静静地读着书。这样的情景持续了一个多小时，我不记得当时是什么心境，也许什么情绪也没有，只是前来完成一个简单的告别。

在离开家乡的最初五六年，我每次春节回家都会到书报亭那里去待一会儿——后来它已经变成了一个小书店。我在书店里翻几本书，消磨上一小段时光然后离开。在书店门口收钱的有时是那个姑娘，有时则是一位老大爷。我是一个陌生的客人，没人知道我内心静静流淌的情感。

我牵着小侄子的手离开那家书店，手里拎着厚厚的一摞新书。《星星诗刊》等已经买不到了，文学类书籍也被教辅类书籍挤到了一个角落里。离开书店的时候，我的心情仍然是平静的，曾经的一点点惆怅也消失了。书店在我心里，已经只是一个物理意义上的存在，那个曾驻在我心里的书报亭，已经成为永远而恒定的过去式。

和记忆喝酒，这怎么能戒得了

不管什么男人，到了可以成为别人二叔的时候，到了你喝酒时会忍不住想起太多人的时候，当你在一个安静的环境里可以做回自己的时候，喝酒，想人，想事，会很容易哭，不信试试。

酒有什么好喝的？辣，呛，喝多了会呕吐，第二天头重脚轻，会耽误许多事。一直没想明白这个问题，某天晚上，准确地说，应该是半夜的时候，当我在外面忙碌完回家，小心翼翼地开门，到厨房找来一只杯子，倒上一杯酒，在沙发上坐下来，安静了十来分钟后，忽然想明白了这个问题。

孩子睡了，秋风从窗外吹进来，有一丝凉意，电视待机状态的显示灯散发着淡淡的蓝光。人在这一刻容易做回自己，我一边喝着酒，一边思索着“酒有什么好喝的”这个问题，想着想着，头脑里出现了一些画面。比如，像我二叔这样的人，喝了一些酒之后，手里捏着酒杯，眼泪就会突然掉下来，这也是我以前想不明白的事情，喝酒是个高兴的事情，怎么莫名其妙就哭了？

哭了不是因为酒，是因为想起了什么人吧。我猜大概是的。顺着这个思路，我想了下去。这下不得了，一下子脑海里出现了许多和我喝过酒、有过至深交情的人，我的喝酒爱好以及习惯，喝酒的方式，酒后的样子，是和这些人有关的。他们在我生命的不同时期与我喝酒，虽然在后来的旅程中不断走散，可是喝酒时积累的情感还在，这情感渗透在我的血液里和思想里，影响着我说话、做事。

我不是一个人在喝酒，不是一个人。当我坐在房间里，酒杯只有一只，筷子只有一双，可是只要我想，他们就会从遥远的故乡和同样遥远的他乡赶来，闭上眼睛，我就会想到假若此刻在一起他们会怎么劝酒，会如何聊天，我们说重复的话，开重复的玩笑，为同样的事情沉默，讲述记忆清晰的经历……在这样的晚上，我想起了那些和我喝过酒的人。

比如孙绍林。这个一辈子在文化站工作的老头儿，第一个把我的酒瘾培养出来的人，那年和我对桌而坐，经常是快到中午的时候，他把头从稿纸堆里抬起来，把老花眼镜从鼻子上拉下来一点，笑眯眯地说：“小韩，咱们爷俩中午喝一点？”对了，那时我二十来岁，还是小韩。得令之后我推出自行车，花十块钱去街里买了一些下酒菜回来。小韩和老孙，收拾出一张桌子，大白天的，在办公室，就这么喝了起来。

我想起了王永伦，一个儒雅同时又带有文人傲气的人，一个可以用茶杯一口干掉一杯白酒的山东人，一个订阅了一辈子文学期刊，喜欢在酒后号召大家朗诵诗歌、散文的人。他应该在别的大城市，写更多的文章，和更多的人喝酒，但他却一直安心于县城。我离开家乡的最后一次酒是他请的。那次出走狼狈不堪，拖家带口，行李沉重。心急如焚的老王把我们一家送去五十公里外的火车站，打仗一样把我们塞到座位上坐下，火车开动的最后一刻他才跳下去。

还有那个熊孩子王烨。嗓门大，酒量不大，脾气挺大，年轻时的酒友们喝着喝着莫名其妙就打了起来，一个赛一个地在地上摔啤酒瓶子。他的脚边有只啤酒瓶子爆炸了，炸伤了脚，不敢让领导知道，只能坚持上班。于是我每天把他从宿舍背到办公室，下班时再从办公室背到宿舍，脚伤愈合过程中换纱布时，我打来温水放上细盐自制成消毒水，一点一点地帮他洗干净。有句话一直没对他说，兄弟，我可是对你有洗脚之恩，这辈子你得用多少脸盆的酒才能还得上。

每喝必醉的人当中，少不了陈传辉。这个哥们儿爱折腾：开饭馆了，我们送一个匾过去喝；开工厂了，我们送一面镜子过去喝；开酒水销售点了，我们两手空空过去喝。因为他说了，家里别的没有，四壁都是酒，随便喝。最难忘的是他结婚时那场不要命的喝，一群刚入社会的年轻人，没地方去发酒疯，就在人家的婚宴上用一瓶瓶的白酒把自己灌醉，传辉喝了两瓶可不三瓶白酒。为了啥这么喝？谁也说不好。可是现在我想坦诚地认罪，那次喝到最后我给自己的酒瓶里掺了水，因为实在喝不动了，吐到不能再吐了。

我和杜伟在他的出租屋里喝，他有个画家朋友自找残废也过来喝。我们从中午喝到黄昏，仨人喝掉了三箱啤酒，喝掉的酒瓶子可以环绕我们两周，最后加上的一瓶白酒成了压垮骆驼的最后一根稻草。我只记得自己很夸张地往后倒去，倒下的动作在脑海里已成永恒，缓慢，坚决，势不可当。

我和韩歆在马路边的酒馆喝，长达五年的时间里，每人一瓶白酒，不喝完不走，喝醉了就去路边抱树，抱完树回来继续，猜火柴棍喝，吟诗喝，石头剪子布喝，……喝酒的人，还真是如顽童啊。我和刘琪瑞、王自广喝，喝多了扔自行车，扔钱包，想把一切能扔的都扔了……后来我想少喝点，刘琪瑞急了，火了，是真生气了，他说：“你这个人，怎么现在变这样了？！”

深夜的时候不适合想往事，尤其是在酒入喉之后。我不是一个人在喝酒，我是在和朋友喝酒，和记忆喝酒，和过去的自己喝酒。你说，这怎么能戒得了？我想起了二叔捏着酒杯掉眼泪的情形，忽然觉得也想掉眼泪。以前喝酒之后极少哭是因为年龄还不到。不管什么男人，到了可以成为别人二叔的时候，到了你喝酒时会忍不住想起太多人的时候，当你在一个安静的环境里可以做回自己的时候，喝酒，想人，想事，会很容易哭，不信试试。

火车火车你慢些开

堂弟问我，为何不坐动车回来？十多个小时的路程，可以缩短到三四个小时。我说我喜欢这辆慢车，一辆慢慢开的火车，在驶过宽阔的平原大地的时候，才显示出它的从容与静美，如一只甲壳虫缓慢爬过一幅油画。而我也终于懂了火车的呼吸，明白了命运的节奏，知晓了快与慢之间的联系。

我是在十七八岁的时候才第一次看到火车，这不可思议吧。不过，还有更不可思议的，我在二十多岁之后才看到大海。第一次看到火车和第一次看到大海的感觉是相似的，有些激动，有些惆怅，觉得生命渺小、道路远且漫长。

终于到了可以每天看火车的年轻时代，我经常在黄昏的时候去火车道那里。火车道两边栽满了带刺的植物，是想阻止人随便进去的，但对于一个想看火车的人来说，这不是什么难题。

想看火车的人不止我一个，有人居然还带了酒菜，在铁轨旁自斟自饮。总担心他多喝了几杯之后想自杀，但也没勇气过去搭讪。那时候我总想，喜欢火车而又不能坐上火车在轰隆轰隆声中一去不回的人是孤独的，他们喜欢这种孤独，不要打扰为好。

我的一个朋友就过于喜欢这种孤独。有一次他在铁轨上散步，走了神，火车从背后袭来，他浑然不知，我们眼睁睁地看着他要被一个奔跑的“疯子”吞噬——火车司机拼命踩刹车却停不下来，喇叭按得整个城市都听得见，可他偏偏听不见。看来，火车的确是个容易让人失魂落魄的东西。他在最后一秒钟跳出铁轨，捡了一条性命，大家都有点羡慕他。

我不做这样冒险的事，只是选择一个安全的地方，遐想。想象铁轨延续向前，在前面一百公里或几百公里的地方，有一个小站台，站台的旁边有一个小镇，小镇的名字我都给想好了，叫旗杆镇。我给这个想象出来的小镇写了一首诗，投给了一家诗歌杂志，后来这首诗发表出来了，仿佛这个小镇真的存在过一样。

第一次坐火车去更北的北方，一帮朋友去送我，那是我第一次感受到火车带来的恐慌。以前只是看它，现在却要坐进它的内部。不知道这个庞然大物会给我带来怎样的命运。现在想来，那种恐慌更多是对不可知未来的一种恐惧吧。

朋友们送我也很惊险，他们帮我拎着大包小包，艰难地通过检票口，艰难地挤进站台，再费力地涌进车厢内，找到与车票对应的位置。在火车嘶鸣着开动时，最后一个朋友才跳下火车。通过车窗看到他们急切又焦虑的面孔，突然伤感，觉得今后再也难以见到了。

见不到，怎么可能？异乡人与故乡的联系，岂是一列火车的力量能阻隔的？家里有了婚丧嫁娶，每逢春节回家过年，都是火车这个把我运走的庞然大物再把我运回来。买不到票恐慌，临近登上火车的那几天焦虑，到了出发日更是忙碌、疲惫，就算真正坐了下来，那颗心也难得消停。

你理解这种感受吗？时隔多年之后，在火车带来的焦虑症彻底消失之后，我才明白，那时候的复杂和不安情绪，来自自己与命运、与人生、与情感的搏斗，源于一个无力者拼命想要捍卫自尊的一种挣扎。

快二十年了，车次名称变了，但火车还是那列火车，速度略有加快，但依然需要一整个夜晚才能到达。我在某天坐这班火车回故乡，竟然有了《山河故人》中来自未来的人向故乡航行的滋味。火车里依然人满为患，依然声音嘈杂，而我心静如水。火车依然力量强大如巨兽，我没法征服它，却改变了自己。

回到家中，堂弟问我，为何不坐动车回来？十多个小时的路程，可以缩短到三四个小时。我说我喜欢这辆慢车，一辆慢慢开的火车，在驶过宽阔的平原大地的时候，才显示出它的从容与静美，如一只甲壳虫缓慢爬过一幅油画。而我也终于懂了火车的呼吸，明白了命运的节奏，知晓了快与慢之间的联系。

火车啊火车，你慢些开。

和电台有关的日子

一台远舶而来且被雪藏十多年的收音机，仿佛打通贯穿了逝去的岁月。真希望有些东西，一直不会变，哪怕变了，还能找回来也是好的。

在媒体不发达的年代，报纸、电视、电台是绝对的主流媒体。而在我的青春时期，接触最多的主流媒体是电台。这么说是因为，上世纪八九十年代报纸的私人订户并不多，人们看报纸，通常是要从办公室或者传达室那里拿，一份报纸，真的是十几个人翻。如果有人私心重，把报纸拿回家垫桌面或者包东西被发现了，一准会遭到大家的谴责。

至于电视，那会儿并不是家家有电视的，就算是有，也就是晚上能看一会儿，为了省电，一些家长还不愿意开电视。如此，最方便的获取信息的工具就是电台了。想收听电台，就需要有一台收音机。当年如果谁能在生日或新年的时候获赠一台收音机，那绝对是很棒的礼物。

我家的收音机，长时间被我霸占着，只要我回了家，那台表面破旧但声音清晰洪亮的机器，就会一直伴随在我身边。印象最深刻的是，夏天的晚上冲完凉之后，爬上平房的屋顶，躺在席子上，仰望着满天的星斗，在星光与月光下，听收音机里的节目。收音机为一个少年带来了一个遥远、陌生、新鲜、开阔的世界：北京，香港，台北，……这些如雷贯耳的城市名字，远在天边，而通过收音机，仿佛它们又近在眼前。我常跟随收音机里的新闻，还有其他的一些节目，以神游的方式，到那些城市走一番。

我的文学启蒙也来自电台。在街道工厂上班的时候，每天中午回家吃午饭，恰好那个时间段，有一个文学栏目，还记得那个文学栏目的名字叫《青青芳草地》，主持人的名字叫陈辰。许多年以后，某电视台也有位主持人叫陈辰，一段时间我总误认为是电台里的那个陈辰去了电视台，事实上不是这样。

那个电台节目陪伴了我一两年的时间。开始的时候只是听，后来便是给节目投稿。开始时是一两周投稿一次，后来几乎每天都能在节目中听到自己的名字。那是段快乐的时光。那些青春故事，以及属于一个少年漫无边际的想象文字，在音乐和朗读的包装下，焕发了另外的神采，为我困顿的生活涂抹了一层亮色，给时常陷入无望中的人，创造着一丝丝闪光的希望。

许多年后，一位朋友的爱人讲述了与这个电台有关的故事。她说那时她在一个草编厂工作，同样也是每天午饭的时候，宿舍的女孩们也会收听那个文学节目，她说："你知道吗？我们把电台里三个经常播出的稿子的作者比喻成'三大金刚'，你是其中之一。"她还说："那会儿你的名字在我们工厂女孩那里，真算得上大名鼎鼎，有人还打算给你写信呐。"

对的，我收到过许多信。电台每隔一段时间，就会公布一次作者的通信地址，随后几天，信件就会雪片一样飞来。忘记了当年的邮票是八分钱一张还是两毛钱一张，每次去邮局寄信，都会买几大版的整版邮票，来给听友们回信，如此，拥有了天南地北众多的笔友。每天大约有两三个小时，是用来写信的。日子过得贫穷、简单，却充实、美好。

十七年前，我来到了以前名字经常出现在电台里的北京。人生地不熟，赤手空拳。一个远房亲戚来看我，请我吃了一顿饭，然后在租住的空房间里给我留下了一台收音机就走了。那真是一件很棒的礼物，那台收音机陪伴着我度过了刚来北京时的紧张、惶恐、孤独。因为一时找不到工作，困顿在房间里的时候，就打开收音机，听北京的电台里的声音，漫无边际地想着未来的日子。

互联网开始普及之后，收音机被淘汰了，一连多少年，都没有再拧开过收音机，没有再体会到那种转移天线方向以寻找到清晰音质的微微焦灼感和幸福感。有一年，被电台请去当嘉宾，固定的时间段，去一档情感节目聊天，那也是段美好的记忆：大约十点多到达电台楼下，在咖啡馆要杯喝的，慢慢地等到十一点钟，等候主持人打电话过来，再把我带进门去。穿过士兵把守的廊门，坐进直播间，开始一个小时的聊天。知道了电台主持人的工作方式，也了解了神秘的直播间是什么样子。每次结束直播都会打开车里的电台，继续收听节目，那个时刻，心里特别安静。

一直想要再买台收音机，却没有行动。前几天看到一条广告，说的是十几年前有一批美国进口的收音机在仓库被发现了，虽然蒙了尘，却还是全新的，于是心动了一下，便下单买了一台。收到后坐在阳台上，把玩那台款式古旧的双喇叭收音机，仔细搜寻着一个个电台，连听到卖药的广告都觉得不厌烦。

这台收音机被我放在了电脑边。有时候写字的时候，会打开听一会儿。一台远舶而来且被雪藏十多年的收音机，仿佛打通贯穿了逝去的岁月。真希望有些东西，一直不会变，哪怕变了，还能找回来也是好的。

我的录像厅往事

录像厅关门后的第二个月我就结婚了，录像厅里的电视与音响成了新婚家电。以这两桩事为标志，我算是彻底告别了青春期。

在我的少年时代，“三厅一室”（歌舞厅、电子游戏厅、录像厅和台球室）中，只有歌舞厅是没有去过的。不去歌舞厅，是觉得那里灯红酒绿，是大人们的世界，出入歌舞厅的男青年，喇叭裤、大波浪头、吊儿郎当，女青年们还好，看得还顺眼些。至于剩下的“两厅一室”，则是常客。

上初中时看电影不要钱，电影院的墙头翻过去，摸黑溜进放映厅，一天看到晚都没关系。但是那时候的电影产量太低，可看的电影太少了，《寡妇村》《黑太阳 731》这样的电影，都被当时的影院文案改过好几次名，把观众骗进去。捏着电影票抱着好奇心刚在座位上坐下的观众，一看到熟悉的画面再次映入眼帘，不禁一片骂人声。

电影院的边上就是录像厅。录像厅是私人开的，不交钱根本进不去，但好在价格不贵，一块钱门票，可以看四部片子。看完不想走也没关系，“四片轮放”，再看一遍就是。对当时录像厅给我最深的印象，一是烟雾缭绕，PM2.5 浓度长期五百以上；二是很多男青年都带着女朋友一起看。当时的年轻人谈恋爱没地方去，两块钱就可以打发一天，蛮好。

一九八〇年代末的录像厅，几乎被“二周一刘”承包，二周是周润发、周星驰，一刘是刘德华。这三人当中，周润发又是年轻人心目中的港星老大，《英雄本色》《龙虎风云》《义盖云天》《秋天的童话》等他主演的电影，让无数录像厅里的观众如痴如醉。对比周润发，周星驰太浅，刘德华太嫩，只能当小弟。

录像厅绝对是县城文化中心最热闹的一个点。无数的故事发生在录像厅，情生情变，江湖寻仇，混子火拼，都时常从录像带中演绎到录像厅内。对于一个青少年来说，录像厅是接触社会的绝佳场所，这里可以成为一个孩子仰头所能看到的全部天空。出于对录像厅的喜爱，此后长达十余年的时间里，每到一个地方，晚上总要去拜访的，就是当地的录像厅，这和现在一些文艺青年总喜欢拜访名人故居是一个道理。

我开录像厅的时候，已经是一九九七年。那年发生了两件大事，一件是香港回归，另外一件是《泰坦尼克号》公映并火遍全球。我先是在从书贩子那里淘来的香港杂志中看到了《泰坦尼克号》的图文报道，然后在县城碟店中看到了新到货的《泰坦尼克号》盗版碟，且只有两三套，当即便花费了五十元巨资购买了回来，晚上在自己的录像厅播放。

那一晚的录像厅人满为患，生意空前地好。盗版的《泰坦尼克号》画质低劣，声音时高时低，镜头一会往左歪一会往右斜，但奇怪的是，无论后来看高清还是蓝光的视频资源，所带来的震撼感都完全比不上当年的盗版。那种集体观影时的全情投入，杰克与露丝最后的告别，以及悠扬的音乐，制造了一种奇妙的氛围……那张盗版碟，反复播了约一个月之后就彻底废掉了，随着它的废掉，我短暂的录像厅老板的生涯也告终止。

为了开办这个录像厅，我花光了多年积蓄，买来当时最大屏幕的电视机，三十二寸，还买了当时县城电器店里最贵的音箱。那时吃住都在录像厅，住录像厅里临时搭的帐篷，和录像厅的观众一起吃泡面、榨菜。有几位忠实的观众，每天录像厅一开门就早早地进来，什么话也不说，一直看到午夜后离去，有的时候午夜也不走，太困了就睡椅子上，真不知道为什么他们有那么多的时光可以浪费。

录像厅里放映最多的一部影片叫《龙虎风云》，周润发和李修贤主演的，这部电影被放了几十上百次。《龙虎风云》在出品时间上比《英雄本色》晚了一年，但在经典程度上毫不逊色。卧底警察与黑帮老大的许多经典对话意味深长、余味无穷，乃至于在清晨时分没有顾客上门的时候，我也会放这部影片。周润发与李修贤的声音，在空荡荡的县城街头回荡着，偶尔有洒水车经过，留下一条湿漉漉的街面，我就坐在录像厅门口，看着有着一个个小水汪的街面和远处布满晨曦的天空发呆。

录像厅关门的前一天晚上免费开放，屋里坐满了前来告别的观众，橱柜里没有卖出去的瓜子、方便面和啤酒，也全部拿出来招待了那些陪伴我一个多月的年轻人。到了半夜十二点，在一片“换片”的呼吁声中，我换上了他们最爱看的一部电影，交代了其中一个人帮忙在影片结束之后随便换他们喜欢的看，然后我倒在帐篷中昏睡过去。

早晨醒来的时候，录像厅已经空无一人。我走出屋子，拔掉音响的电源和音频插头，“哼哼哈哈”的打斗声戛然而止。

录像厅关门后的第二个月我就结婚了，录像厅里的电视与音响成了新婚家电。以这两桩事为标志，我算是彻底告别了青春期。

“冬天”是我生命中的敏感词

多年以前，一位文友给我寄来他写的诗，开头第一句就是“这是一个寒冷的冬天 / 寒风比雪来得还要快”，这句诗就深深地被我记下了，每当第一缕寒风吹来的时候，我就情不自禁想到这句诗。

怕冷，真是可以遗传的。今年冬天似乎来得早，没怎么经历秋的美丽与舒适，冬就直接与夏末衔接上了。十月下旬的时候，我就穿上了羽绒服，送女儿早晨上学的时候，也给她穿上了。她遗传了我怕冷的基因，稍被寒风吹着，就容易感冒。

在我记忆深处，藏有一小块和寒冷紧密相连的时间段，时隔多年之后想起来，还会不寒而栗，想要抱紧双肩，留住身上的热量。一个小时候被冻过的孩子，与一个小时候被饿过的孩子一样，都会留下心理阴影。

我出生的小村子，与当时无数的小村一样，那里交通不便，道路泥泞，一到冬天，人们都缩在自己的家里。村子上空，时常被阴冷的雨云覆盖，树木凋零，枯叶纷飞，一眼望去除了凄冷就是肃穆——这就是冬天留给我的童年印象。

几十年前的冷，是真的冷。不像现在这样，虽然也冷，但到处有路灯，家里也有电灯，灯光仿佛可以取暖。再者，路上奔跑的汽车，喷出的尾气，多少也能加热一下空气。过去的年代，只有篝火，或者灶火，但因为柴火总是不够烧的，那些火焰常在热烈一阵子之后，就迅速被寒气覆盖了。

冬天出门上学，是一件让孩子们感到无比艰难的事情。我清晰地记得，小时候没有秋裤，也没有棉裤，母亲在堂屋给我穿上外裤后，又在外裤上套了一件外裤，然后又套了一件外裤，于是，那几年冬天，我时常穿着三条外裤去上学。走在通往学校的路上，三条裤子加在一起，也带不来温暖感，它们直筒筒地贴在腿上，像是坚硬的树皮。

鞋子是漏了洞的，袜子也是，而且袜筒总是很短，没法往上拉一些增加保暖力。遇到下雪的时候，一脚踩到雪地里，脚趾融化了雪花，冰冷的雪水就灌进了鞋子里。坐在教室里的时候，整双脚都待在零度以下的鞋坑里，整个人都如坐针毡。长大以后，我时常整打整打地买袜子，恐怕就是为了补偿童年时脚挨冻留下的阴影。

冯小刚导演在他的自传《我把青春献给你》，写过一件让他终生难忘的小事。写的是上学的时候，她的母亲把手顺着他的脚踝伸进裤腿里，然后把秋裤拉下来，紧紧地掖进袜子里，卷曲的秋裤被拉直又包裹进袜子之后，整个腿就暖和了，这是让他觉得无比温暖的记忆。读到这段描写的时候，心里感到无比亲切，没有比小时候挨过冻的孩子，更能体会这种温暖了。

我也有过类似的记忆。小时候的一年冬天，母亲不在家，奶奶给我穿衣服，她在灶间生了火，麦秸点着之后塞到灶膛里，火柴一划，火光与浓烟就一起出来了，奶奶把我的外裤和上衣拿到吞吐着火舌的灶间烘烤着，一边烘烤一边揉搓，仿佛这样可以让冰冷的衣服拥有棉花般的柔软。事实上果然如此，被火烤过的衣服，在接触到皮肤的一刹那，仿佛可以听到皮肤的欢欣，真的是柔软极了，暖和极了……哪怕出门走不了几步，那暖意就彻底消失，但那温暖的感觉，却可以持续半个小时，甚至整个上午的课。

女儿上幼儿园的时候，我也这么做。家里虽然有暖气，室温也高达二十多度，但每次我把她的小衣服放到暖气上烘烤一会儿给她穿上的时候，她就会流露出那种属于小女孩儿的快乐，口中嚷嚷着说“太暖和了，太暖和了”……做好保暖工作，成为我在整个冬天，非常关注的一个话题。我最恨天冷的时候不穿暖的人，仿佛那种冷会传染。在夏天，也最恨那些出门不带一件外套的人，坐地铁、火车、飞机的时候，随时会遇到冷气开得太足的状况，夏天里挨冻，比冬天挨冻还难受。

为了抵御冬天无所不在的寒冷，那时的孩子也想尽了各种办法。比如冬天的时候到野外，搜集野草和树枝，挖掘几块侥幸躲过农人收获的地瓜，放在一堆石块上烧烤。那是一个愉快的过程，野火毒辣，但没人愿意躲远一些，伙伴们唏嘘着、兴奋地围火而谈，耐心地等待地瓜被烤熟，那一小堆火焰，就是孩子们在冬天里的春天。地瓜刚被烤熟的时候，吃到嘴里烫到心里，哪怕口腔被烫破了，也觉得快乐。

这么多年来，“冬天”一直是我生命中的敏感词，对与冬天相关的事物，总会多关注一些。多年以前，一位文友给我寄来他写的诗，开头第一句就是“这是一个寒冷的冬天/寒风比雪来得还要快”，这句诗就深深地被我记下了，每当第一缕寒风吹来的时候，我就情不自禁想到这句诗。是的，寒风永远比雪来得要快，在寒风到来之后，在雪到来之前，我们都要想到取暖的办法，无论是物理意义上的，还是情感上的。否则，冬天太难熬了。

曾和我一起晃荡的少年朋友

我们行走在不同的人生道路上，各自有着无法摆脱的生活圈子，能够有时间见到，喝上几杯，聊那么几个小时，已经是无趣人生中非常好的时光。所以我一直真切地觉得，和我的少年朋友们并没有疏离，只是联系少了而已。也觉得我们的感情，一点儿没有变质，这让人欣慰。

记得还是三四年前了，见到了虎子。我回老家过年，三叔问我："你还记得虎子吗？小时候你们总一起玩。"当然记得，虽然许多小学同学都忘记了，但怎么会忘记虎子呢。我们一起掏鸟窝、到河里游泳、在田野里烧烤各种野味，记忆里，虎子和他的名字一样，虎头虎脑，憨厚异常。三叔说："你等一会儿，我叫他去。"还未及我阻止，三叔一溜烟跑了。

过了十来分钟，一个身材硕大的汉子，跟在三叔后面进了院。他是虎子，我叫了他的小名虎子，他也热情地喊我的小名浩月。大家不约而同地说，这得多少年没见了，时间过得太快了。算起来这次我和虎子见面，与上次已经相隔了差不多三十年。

考中学的时候，我考上了，虎子没有，当时就意味着分离，再加上我们举家迁走，命运已经注定两个小伙伴以后会“天各一方”——真的，在那时候的小孩子看来，三十多公里的距离，足以称得上遥远。搬家的时候，虎子专门来看我，不记得他有没有送我礼物，我则是把父亲留下来的几本精致的会计算账本留给了他，算是一个纪念。但有一点是永远难忘的，那就是虎子的表情，那是属于一个孩子的难过，想哭又特别羞涩找不到理由哭的那种表情。我坐在拖拉机的尾部，看着生活过的村庄变得越来越小，心里充满了茫然。

到了县城的时候，给虎子写过信。虎子也回信，只是内容有点儿少。和我更擅长书面表达不一样，他似乎不愿意通过写信这件事来抒发感情。到了县城，有了新的朋友，慢慢地，虎子就在我的生活里淡去了。在此后的一些年里，虽然每年我都会回我出生的村子，但每次都是匆匆来去，没能见到虎子。

三四年前那次碰面，一点儿没有尴尬，还有儿时的亲切在，就是不知道还可以多说点儿什么。或许沉默，就算是最好的交流了吧。对了，还有烟，还有酒，燃烧的烟和碰杯的酒，藏着那些说不出口的话。

除了虎子之外，少年时还有两位重要的朋友，其中一位叫健健。健健是我在县城生活时的邻居，也是我结识的第一位朋友。他少年时好像有一段时间生病了，脸色总是苍白，但这丝毫没有影响我们常在一起玩。一起骑自行车在深夜把县城逛了一遍又一遍，一起翻电影院的墙偷跑进影厅里看连场放映的电影。

健健有一位美丽的姐姐，姐姐的房间里充满女孩儿的温馨，最有吸引力的是，她的房间里总是有最新的杂志。阳光照进房间的时候，暖洋洋的，坐在房间里的凳子上翻看杂志，成为我们最静谧的一段时光。姐姐的房间平时不允许别人进去，却额外开恩对我和健健开放，每周总会有那么一两天的上午或下午，我和健健在姐姐的房间里读杂志度过。健健并不像我那么爱阅读，他通常把带美女图的杂志快速翻了一遍之后，就去客厅看大人打麻将去了。我则是一个人逐页地把那些杂志都翻完再去找他。健健总是有耐心地等我，从不催促。

我们的关键词是“晃荡”，晃荡来晃荡去，无所事事。和健健在一起玩的时候总是打架，一般都是他引起的事端，而通常都是我冲上前去帮他打出第一拳。有一天晚上健健的姐姐在街头唱卡拉 OK 的时候，被县城里的一个小流氓摸了一下，我和健健义愤填膺，追着那个小流氓在街上把他痛打了一顿。小流氓叫来了同伙，那是一场激战，我的后脑勺被台球棒打得开了一个口子，有鲜血渗出，健健身上也青一块紫一块，但这次“以二敌多”的战斗我们并没有输，这很长一段时间都让我俩觉得自豪，也深觉战斗中加深的情谊会天长地久。

和健健慢慢走远，也是像和虎子的分开一样，是我又一次的离开，那是我再次离开县城去市里上学。这次我走得稍远一些，我们有了五十多公里的距离，只能每年寒暑假的时候见到了。那些个假期，我和健健像少年时那样形影不离，做的事情也无非是打台球、打电子游戏、看电影、吃路边砂锅，惬意无比。

当然，一起做这些事的，还有小军、峰峰、小强等一起。我深切地懂得，一些男人总是离不开他长大的城市，因为那里有他熟悉的生活和知心的朋友，在那里没有解决不了的难题，也没有积郁在心的情绪，因为有朋友可以分担。我也曾是对家乡县城充满无限眷恋的人，但内心总还是有一股力量逼迫着自己往外走，往更远的地方走。

二十岁露头的时候，我离开家乡来了北京，当时觉得北京已经是我能够走到的最远的地方。到了北京之后，一头扎进了水深火热的生活里去，不仅和健健的联系少了，过去所有的一切，似乎都被隔离于遥远的记忆深处，直到很多年后的某一天，突然意识到自己已经基本与过去的生活割裂，内心还时有一些歉疚，想要找补一下，但总觉得心有余力不足。

健健前不久加了我的微信，时不时地聊上一两句，每次总是以他的“我还有事要忙”结束。青少年时期的朋友，还是见面时更有话说，现在的社交软件，更适合于工作和与陌生人交流。亲近的朋友，还是要见面的。去年和我的少年朋友们见了一面。小军看到我的朋友圈知道我回了老家，一通电话，把能找到的朋友都找到了。

其中有一位我觉得不会来的也来了，他就是小强。小强是少年伙伴们中的一个“惹事精”，经常有不靠谱的言行，但人却是一个真性情的人，特别容易感情外露。就是因为这个，有一年因为一点小事我们在电话里吵了起来，他喝醉了酒，打通我的电话絮叨不止，当时可能我有别的什么事情心烦，说了一句“等你酒醒了之后再打来吧”，然后不礼貌地挂了电话。在我们老家，这种挂电话的方式，是非常大的无礼行为。挂了之后心里有些懊悔，但态度还是强硬的，觉得错不在我。

此后四五年，和小强没有任何联系。偶尔和朋友通电话，问到小强的状况，得到的回答是“挺好的”，朋友们也没有传出小强对我有什么意见。可能是我把这个事情当成大事了，而小强却不以为然。那次见面，没有谈到挂电话的事情。这是人长大了的好处，不会再触碰不愉快的话题。但我总想在某次再有机会喝酒的时候，主动挑起这个话题，看看小强有什么反应，当然，很有可能再加上一句，“你要是再喝醉酒后打电话没完没了地絮叨，我还挂”。我猜到小强最有可能的反应是哈哈大笑，然后说一个字——“滚！”

上面写到的这三位朋友，疏远肯定是疏远了，这是没有办法的事，但感情还在。尤其珍贵的是，因为时间与空间的阻隔，那些儿时的情感反而被牢固地保鲜起来，再见面的时候，都宛若回到少年时代，谈的都是二三十年前的事，记忆犹新。许多事情说了无数遍，但再聊起来仍然兴高采烈。

按照一年能见一次面的节奏，和我的这几位朋友，这一辈子大约还能见三四十次，多一点的话，可能四五十次？谁知道呐。但这个想象并不让人悲伤，我们行走在不同的人生道路上，各自有着无法摆脱的生活圈子，能够有时间见到，喝上几杯，聊那么几个小时，已经是无趣人生中非常好的时光。所以我一直真切地觉得，和我的少年朋友们并没有疏离，只是联系少了而已。也觉得我们的感情，一点儿没有变质，这让人欣慰。

那个年代，我为什么爱文学？

因为我的青春里只有它，它是我灰暗青春里的唯一光亮，是把我救出堕落泥潭的唯一绳索。

我从乡村中学转学到县城中学，是改变人生轨迹的一件大事。在新学校，我的学习成绩急转直下，初一上学期还是第三名，初二下学期就到了倒数第九名。我的座位被安排在最后一排，我的同桌叫刘伯柱。

唯一能让我在这所城里学校找回一点儿自信的是我的作文，我的语文老师王华祥说我以后可能成为作家。他的军绿色上衣背后经常被调皮学生们甩上一串串墨水印。

究竟能不能成为一位作家，对这个事情我心里一点儿也没底。那时候班里有两个女生对我很好，我叫她俩姐姐，可我喜欢的是另外一个皮肤黑黑的女生，姐姐们鼓励我给她写信。

那封信我一直没写。长大成人后我写了很多情书，但为什么偏偏没给那个皮肤黑黑的女生写过一封信呢？后来我想明白了，没写是因为那时候觉得只有诗、散文、小说是文学，情书不是。

班里的女同学喜欢男同学，班里的男同学更喜欢女同学。青苹果挂满果园的季节，男同学逃课翻墙到与烈士陵园紧挨着的果园里偷苹果，被保安追得满园子跑，有几个同学跳墙时扭伤了脚踝。女生们在上课时偷偷啃着涩涩的苹果。

文学是什么？文学是县城电影院门前报刊亭卖的诗歌杂志——《星星诗刊》《诗歌报月刊》，记得当时是两元一本。那时候我有一个杀猪的叔叔，我经常凌晨起来帮他烧热水、给猪刮毛，还帮他用尖刀把猪割成一块块的猪肉。但每次去买杂志前，我都会冲进淋浴房里，用白白的肥皂把自己洗得干干净净，再换上白衬衣。

我把两元钱递给报刊亭卖杂志的姑娘，她是一个二十多岁长发飘飘的女孩。有时候我在路边把自行车支起来，坐在自行车的后座上把一本杂志翻完才走，走的时候经常是黄昏时分，县城里的喇叭开始播放配乐诗朗诵。

可那时候也真穷。皮肤黑黑的女生过生日的时候，她在县医院后面的河边小餐馆请同学们吃饭，他们快吃完的时候我才到。因为没有钱给她买礼物，站在餐桌边，我涨红着脸对她说："我给你朗诵一首诗吧。"

我把被语文老师表扬的作文工工整整地抄写在方格稿纸上（稿纸是老师送的），给一家报纸寄去，然后每天去传达室等待回信，但一直到毕业，都没有等来一封回信。

二十世纪八十年代末有一批中学生作家，他们是无数中学生心目中的“文学英雄”。我也有一个“英雄梦”，可是只能把它偷偷藏起来。

县城里也有一个“文学英雄”，他是在县委组织部上班的干部，名字叫赵岩，出版过一部诗集。那年暑假，我在师范学校见到了他。

我的同学顾维云敲开我家大门时，我午睡刚醒，他告诉我一个好消息——我俩的作文在县里的一个征文活动中获奖了，现在要去师范学校参加颁奖会和座谈会。

于是，我穿着拖鞋和顾维云出了门，到了师范学校却发现放假了的学校空空荡荡的，就在我们悻悻然准备离开的时候，有人从不远处的楼上打开窗户喊我们的名字，说：“就等你们俩了！”

赵诗人给我们颁奖，他真是白衣飘飘啊，和他握手的时候，我感到他的手纤细而有力，这是一双诗人的手。合影的时候，他坐在一堆学生中间，很醒目。他在我的笔记本上给我写下了一行字作为留念，他的字体清秀，这是一个诗人的签名。

一九八九年，我的中学生涯发生了一件大事，我办了班级里的第一份文学班报。学校提供了刻字用的钢板和蜡纸，印班报的钱是几个爱好文学的同学凑的。这份班报在整个学校里是办得最好的，王华祥老师非常高兴，他说："我深信你们当中有人日后会成为一位优秀的作家。"

一位优秀的作家怎么可能连一篇文章都没有公开发表过呢？这让我忧心忡忡。那时候的平信邮票是八分钱一枚，由于我要大量给报纸杂志投稿、寄信，以致后来我常常连八分钱的邮票也买不起了。

在一个细雨淅沥的中午，我骑着自行车去邮局寄信。在并不宽阔的街道上，一个少年骑车飞驰，突然车轮撞到一块大大的石块上，自行车真的飞了起来……我摔在被雨水打湿但仍有温度的柏油路面上，忘记了疼痛，心里却莫名地产生这样一个疑问："为什么？这究竟是为什么？"

我的青春期要在这一刻结束了吗？因为自此之后很长一段时间，我再也没写过一篇被老师表扬的作文。我和我那两个姐姐经常逃学去烈士陵园，背靠在烈士的墓碑上天南海北地聊，一个姐姐对我说："你长大后不要忘了我。"我说："好。"

刘伯柱后来退学了，我同桌的位置空了很长一段时间。在我的记忆里，刘伯柱的形象是极其平常的，但我知道他给我带来了很大的影响，因为在他沉闷的外表下，隐藏着一种我所不具备的情感：愤怒。

一九九〇年中学毕业之后，我血液里的愤怒处于燃烧状态：在台球厅和人打架；在大排档和三四十岁的老痞子打架；为同学的姐姐出气打架（她在唱卡拉 OK 的时候被人偷摸了一下）。

那时候，唱一首街头卡拉 OK 的价格是一元钱，我和几个朋友经常去那儿唱上几首。没钱唱歌的时候，我坐在银行门前的台阶上发呆。

有一次发呆的时候，我遇到了上学时喜欢过的同学。她问我："你打算一辈子就这样了吗？"我没有回答她，站起身来晃荡着走了，但她的问题一直晃荡在我的脑海里。我承认有几年的时间里，我为这个问题感到痛苦，我像一个溺水的人，什么也抓不到，文学是我最后一根救命稻草。

为什么爱文学？这个问题很简单，因为我的青春里只有它，它是我灰暗青春里的唯一光亮，是把我救出堕落泥潭的唯一绳索。

如果你爱一个人，爱了那么多年，等了那么多年，在她终于对你流露出微笑的时候，你会舍得离开吗？

我见过无数与我年龄相仿的写作者，不管岁月把他们变成什么样子，他们都有一个共同点，那就是心里藏着一个洁白的非物体，如果一定要给这个非物体命名，那么可以称它为"理想"。

去过的大城市越多，越喜欢小城

有位作家朋友，与我有着类似的经历，每每说起他刚从乡村进城的经历，最爱说的一句话是——“那一瞬间，我被城市的繁华击倒了。”

去过的大城市越多，越喜欢小城。

曾经，小城在我眼里也是大城市。记得上初中时第一次进县城，远远地看见前方有幢六七层高的楼房，内心便忍不住激动起来：原来，这就是城市，太壮观了。很可笑的是，我童年时一直觉得，只有像钟鼓楼那样有飞檐走壁，并且每个角都挂着铃铛的才叫楼房。

有位作家朋友，与我有着类似的经历，每每说起他刚从乡村进城的经历，他最爱说的一句话是——“那一瞬间，我被城市的繁华击倒了。”我能理解他，一个少年，只见到过土坯泥房、炊烟池塘、猪鸭牛羊……猛地进入一个拥有人潮拥挤的街道、花花绿绿的商场、高大上电影院的城市时，内心在震撼之余，多少都会有点虚弱。这种虚弱，是一个孩子意识到自己对于庞大事物毫无认知与把控能力之后而产生的。

很幸运，我能在县城度过自己的少年时代。上世纪八九十年代的县城，有着专属于她的文化气息：每周都有新电影上映；录像厅彻夜营业；街边的VCD店和录音带售卖摊推销的产品，可以帮助拥有好奇心的小城人了解外面的流行；大礼堂经常有外来的歌舞团演出，他们穿着奇装异服在大街上被围观，在舞台上被尖叫声包围；新华书店里的每一本书，仿佛都散发着光辉；广播喇叭每天下午在洒水车出来湿润马路的时候，都会播出好听的钢琴曲……现在看来这些都不稀奇，但在过去的时代对于一个青少年来说，已经足够对他产生重要影响了。

比如，我第一次听迈克尔·杰克逊的歌，就是五块钱两盒从录音带售卖摊上买来的，那是长久摆在搁架上无人问津的盒带，拿到手里，需要深吸一口气，吹去阳光与尘土在包装盒上共同制造的陈旧气息。在我那间糊满报纸、每逢雨天必然漏雨的狭小偏房中，用录音机把盒带的声音旁若无人地放到最大，直到家长受不了“噪音”一脚把门踹开声称要把录音机给扔了。

邓丽君有首歌是唱给小城的，“小城故事多，充满喜和乐，若是你到小城来，收获特别多”，当年这首歌非常流行，也给人留下一种印象：的确如歌中所唱，小城真的有故事。其实现在想想，还真不是这样，小城其实没有多少故事，即便有故事，也多是重复的、乏味的、鸡毛蒜皮的，要不然，也不会有那么多人，像《立春》中的王彩玲、黄四宝那样日夜想要逃离小城了。

小城盛放不了梦想，但小城的确有生活。而且随着时间的推移，你会发现有些生活滋味，只能在小城里找到了，比如骑自行车出门钓鱼，到野外散步接触草木树林，约三五老友去小店小酌……尤其是朋友聚会，不用像大城市那样吃个饭要提前几天约定，吃饭两小时，路上来回得四小时。小城朋友吃饭不用约，一个电话随叫随到。几年前的北上广就流行过一句话，“在大城市工作，到小城市生活”，现在确实也有不少人，主动选择了离开大城市，到小城优哉游哉去了。

当然，现在准备回小城，也不是随便说回就能回的。有一个基本条件，就是无须工作也能在小城生活。小城里的工作岗位太少，许多岗位也依然被盘根错节的关系户们占领着，哪怕你在大城市如鱼得水，回到小城里参与职业竞争的时候，也会处于劣势。

回小城还得有个心理准备，就是现在的小城，已经找不到八九十年代的文化气息了。小城在逐渐“长大”，城市建设、城市规则、人文环境等等，都在大城市化。诸多小城，有了楼房名盘、国际连锁大型超市，咖啡馆到处可见，霓虹灯壮观靓丽，往往让人错觉，并不是回到了小城，而是到了大城市的某个角落。

但小城的生活气息，依然要比大城市要好许多。亲人与童年朋友都在这里，大城市提供不了的亲情与友情氛围，在小城里还是满满的。生活节奏慢，在小城再也不用急匆匆地赶路。地广人稀，新修的沿河跑道几乎看不到什么人，郊区公园有时候甚至会成为锻炼者的个人主场。如果你见多了大城市的套路，厌烦了大城市的拥挤，且对现在的小城环境有充分的认识与心理准备，可以考虑重返小城，过自己的“隐居”生活。

大城市没法“藏人”，总是有各种各样的诱因，把你从家里逼出来去见人。相比之下，想在小城躲起来就容易多了。当你不再是骑着自行车也要大撒把的少年，当你有了一份足够的淡定情绪，那么小城生活则会非常适合你。“一个人，一座城”，人与小城的关系，通过这六个字就可以简单概括了。我是相信，在小城也会拥有空旷、诗意和丰富的生活的，尤其是见识过大城市之后，小城会帮你卸下诸多的疲惫，让你拥有懒散的生活。